La Petite Française

Eric Neuhoff

La Petite Française

ROMAN

LE GRAND LIVRE DU MOIS

22, rue Huyghens, 75014 Paris

ISBN : 2-7028-1407-7

A la grande Suissesse

« Ce que j'aime dans la vie,
c'est inventer des tas de choses ;
ce que je déteste,
c'est les histoires à l'eau de rose »

(KAY THOMPSON, *Éloïse*)

ÇA ne m'arrive pas souvent, mais quand Bébé sonna chez moi, j'étais en train de travailler. J'avais commencé un article sur une brasserie qu'on venait d'inaugurer à la Bastille. Il était presque minuit. C'était le mois d'août, l'été à Paris. Je n'attendais personne. J'étais en chaussettes. Je me dirigeai vers la porte. Elle s'ouvrit sur une petite robe noire et des boucles d'oreilles en pièces de vingt-cinq cents. Dans la robe, il y avait une demoiselle brune. Les boucles encadraient un visage bronzé et une bouche qui me demanda si je n'avais pas l'adresse d'un serrurier. Je secouai la tête négativement.

– Bah, entrez, fis-je en écartant le battant de la porte.

Elle avait l'air si désemparé, une voix calme et douce, feutrée. Si elle avait plus de vingt ans, ça ne pouvait être que de quelques minutes. Elle m'expliqua en s'excusant qu'elle revenait de vacances et que son appartement avait été cambriolé. Elle n'osait pas rentrer chez elle. Je débarrassai le canapé des magazines qui l'encombraient. Elle se laissa choir dessus. Sa robe fit une tache sombre sur le lin beige. Cette année-là, je louais un rez-de-chaussée sur cour rue de Bellechasse. On disait qu'une voyante y avait habité. La robe noire jeta un regard circulaire sur la cheminée qui aurait dû être ramonée, les journaux entassés dans le panier à bûches, les bouteilles sur la table, la machine à écrire sans couvercle. Il aurait fallu déménager. Ces meubles en savaient trop sur moi. Il y avait deux pièces, le salon et la chambre. La salle de bains ne fermait pas. C'était vraiment un appartement pour quelqu'un de seul. Le soir, j'entendais la concierge sortir les poubelles. La cuisine était tout en longueur, avec son vieux chauffe-eau au-dessus de l'évier. Sur un côté, le couloir était rempli de bibliothèques. En face, c'étaient des placards. J'y avais mes livres et mes chemises. Un garçon n'a besoin de rien d'autre. Perdita venait trois fois par semaine, à l'heure du déjeuner. Je la payais au noir, comme tout le monde. Je faisais le Parisien. Il y avait très longtemps de ça, j'avais publié un roman. « Mon best-seller manqué », comme je l'avais surnommé. Je n'avais pas récidivé, malgré les ardoises qui s'accumulaient chez mon éditeur. Désormais, la presse me suffisait. J'avais abandonné beaucoup de mes ambitions. La plupart, disons-le. J'écrivais dans les journaux, des trucs sur les films, les livres et les restaurants. J'étais un célibataire aux goûts un peu incertains. Depuis six mois, ma chasteté était totale. J'étais quelqu'un de dangereusement disponible. J'avais presque trente ans. Je commençais à vivre comme un petit vieux. A cette époque, je ne pensais pas qu'il allait m'arriver quelque chose.

Elle pleurait. Je m'aperçus qu'elle pleurait. C'étaient de courts sanglots, de grosses larmes qui faisaient la course sur ses joues. Ses bracelets cliquetaient quand elle agitait les bras. Elle leva le menton vers moi. J'étais resté debout.

– Qu'est-ce que vous avez ? dit-elle.

Peut-être que je la regardais d'une manière trop appuyée. Sa robe la moulait impeccablement. Ses jambes aussi étaient bronzées. Ses genoux étaient ronds comme de minuscules ballons gonflés à l'hydrogène. J'ai tout de suite aimé ses fesses haut perchées, ses talons plats, ses mollets fins, son petit nez carré avec une mince fente au milieu. Ça devait être un endroit intéressant à caresser. Il y avait un moment que je n'avais pas eu de femme dans ma vie. Je veux dire : une vraie femme, une femme à moi. Je ne compte pas Hildegarde que je connais depuis la terminale et qui a épousé un dentiste. Je ne compte pas non plus Marie-Thérèse qui va sur ses quarante ans et qui n'a toujours pas d'enfant. Je me souvenais d'avoir regardé chez elle le résultat des élections présidentielles en 1981.

Elle s'appelait Bébé et ne faisait que des bêtises. Du moins, ce fut la façon qu'elle eut de se présenter. Elle me tendit une main aux ongles peints en rose. Je serrai entre mes doigts vingt-cinq centimètres carrés de peau très lisse. Elle alluma une cigarette, toucha à tout, chercha un cendrier.

– On dit que je suis un peu folle. D'ailleurs, je suis assez d'accord là-dessus.

Elle avait emménagé dans l'immeuble récemment, aux alentours de Pâques. Nous nous étions croisés une fois dans le hall. Elle m'avait tenu la porte de l'ascenseur en me souriant comme si nous nous connaissions. Je lui avais désigné la lourde porte à gauche pour décliner sa gentille invitation. Je ne l'avais plus revue. Dans cet immeuble, on ne voit jamais personne.

J'enfilai des mocassins. Nous sommes montés par l'escalier. Elle passa devant moi. J'en profitai pour admirer ses jambes. Sa peau brillait doucement. Il y avait déjà deux ou trois choses qui pour moi évoquaient la perfection : la mousse au chocolat que me préparait ma mère quand j'étais enfant, le mois de juin dans les îles Eoliennes, la voix de Frank Sinatra sur « Once Upon a Time ». Les jambes de Bébé s'ajoutèrent aussitôt à la liste. C'était là, au deuxième. La porte était en miettes. La serrure pendait bêtement dans le vide, maintenue par une seule vis. Tout autour, c'était comme si un animal furieux avait mordu dans le bois à pleines dents. Ils avaient utilisé une pince-monseigneur. La minuterie s'éteignit. Bébé bondit sur l'interrupteur. Elle s'effaça pour me céder le passage. J'ai poussé la porte. Celle-ci pivota sans grincer. Elle n'était pas blindée.

– Faites attention quand même, murmura Bébé dans mon dos.

A l'intérieur, la lueur des réverbères découpait les meubles. Dans la pénombre, on distinguait un beau foutoir. Bébé appuya sur un bouton. Toutes les lumières s'allumèrent en même temps. Ils y étaient allés. La pièce était sens dessus dessous. On avait ouvert ceci, renversé cela, au hasard, comme un enfant saisi d'une rage subite. Je sentis la main de Bébé se poser sur mon épaule.

– Vous voyez.

Les coussins du canapé avaient été éventrés. Un nuage de plumes se soulevait à chacun de nos pas. Un tableau – un scottish-terrier sous la neige – était accroché de travers au-dessus d'une commode. Par terre, des lettres et des factures. Au milieu du couloir, une brosse à cheveux dressait ses poils raides vers le plafond. Des photos étaient éparpillées dans tous les coins. Des couverts en argent jonchaient la moquette. Pourquoi les avaient-ils laissés ? Sur la cheminée trônait un petit buste de De Gaulle. Je regardai Bébé. Ce bibelot n'était pas de son âge.

J'examinais l'endroit où elle vivait. Je me dis que c'était une curieuse façon de visiter un appartement. Dans la chambre, les armoires étaient béantes. Des vêtements étaient tombés de leurs cintres. Des robes gisaient en boule sur des rangées de chaussures. Le matelas avait été retourné. Ils avaient forcé un tiroir du secrétaire. La chaîne et la télévision étaient toujours là. Ils n'avaient pas touché au magnétoscope.

– Ils sont partis, au moins ? dit Bébé en se collant contre moi. Vous êtes parfaitement sûr qu'ils ne sont plus là ?

Je la rassurai et lui demandai ce qui manquait.

– Je ne sais pas, dit-elle. Je vérifie.

Dans la cuisine, ils avaient vidé le sucre en poudre, déterré une plante verte. Bébé sortit un bac à glaçons du congélateur et le passa sous l'eau chaude. Un objet plat en forme de cœur tomba au fond de l'évier.

– Mon cœur Tiffany ! Ils n'ont même pas

été capables de trouver mon cœur Tiffany ! Vous parlez de cambrioleurs !

Elle avait retrouvé le sourire. Nous poursuivîmes l'inventaire. Son imperméable Burberrys avait disparu. La monnaie qu'elle gardait dans une coupelle s'était envolée. Elle dit adieu à une veste en cachemire. Exit la paire d'escarpins qu'elle avait rapportée de Los Angeles. Une bouteille de Perrier entamée se dressait sur la table de la cuisine.

– Je dois dire que ce détail lave complètement mes amis de tout soupçon.

Bébé s'empara d'un magnum de champagne qui était couché en bas du réfrigérateur.

– On va la boire chez vous. Je laisse tout comme ça. De toute façon, il n'y a vraiment plus rien à voler.

Je cherchai le numéro d'un serrurier dans les pages jaunes de l'annuaire. Bébé trempa ses lèvres dans le champagne.

– Un peu vert, dit-elle. Ils ont dû se tromper, non ? Me prendre pour quelqu'un d'autre. C'est au-dessus qu'il fallait aller, chez les Blaise.

– L'agent de change ?

– L'escroc, vous voulez dire. Mon père aussi a été agent de change. Je vous préviens : mon père est mort. Je vous dis ça pour éviter de faire des gaffes.

– On va se revoir, alors ?

Le serrurier lui prit une fortune. Bébé signa un chèque qu'elle découpa selon le pointillé. Je lui demandai si elle était assurée. Elle ne savait pas. Elle a allumé une cigarette. J'ai de nouveau enlevé mes mocassins. Il devait être très tard.

– Je suis absolument terrorisée. Je ne peux pas dormir chez moi. Vous permettez que je passe la nuit sur votre canapé ? Je ne vous dérangerai pas.

Dans l'armoire de la chambre, j'attrapai ce plaid écossais dont je ne m'étais jamais servi. Elle était debout devant la fenêtre qui donnait sur la cour.

– Vous êtes sûr que je ne vous empêche pas de sortir ?

Elle avait dit ça sans se retourner.

Je ne répondis pas. Elle pivota sur elle-même. Ses cheveux suivirent le mouvement avec un temps de retard. Elle me montra la machine avec sa feuille blanche glissée dans le rouleau. Je n'avais tapé que trois lignes.

– Vous aussi, vous écrivez ? Ah !

Je lui tendis la couverture. Je n'avais pas du tout sommeil.

– C'est positivement idiot d'avoir autant de livres.

Ses phrases auraient eu besoin d'un correcteur pour supprimer tous les adverbes qu'elles contenaient. Elle avait faim. J'ouvris une boîte de thon. Il y avait de la Volvic et du chablis. Nous pique-niquâmes dans la cuisine. Elle ne toucha pas au vin blanc. Elle mordait dans les grains de raisin en fermant très fort les yeux, comme s'il s'était agi de comprimés de cyanure, comme si elle s'était attendue au pire.

– Il fait chaud, non ? Vous ne trouvez pas qu'il fait abominablement chaud ?

Sur son front, elle essuya une sueur imaginaire. Elle écrasa ses lèvres pour retenir un bâillement. Elle avait réfléchi. Tant pis pour le canapé. Elle irait dormir à l'hôtel Saint-Simon.

Elle avait l'habitude des hôtels. Elle me raconterait un jour. Elle ouvrit elle-même la porte.

– Merci, en tout cas. On se parle très vite, hein ? Je vous téléphone. Dites, vous ne mettez jamais de chaussures ?

Je contemplai mes stupides chaussettes à rayures bleues et blanches. Pour m'embrasser, elle se dressa sur la pointe des pieds. J'ai failli tomber dans les pommes. J'étais tellement surpris que je me suis demandé si je n'avais pas rêvé ce baiser. Sur le seuil, sa silhouette se découpait dans la lumière. Il se passa quelques secondes et elle ne fut plus là. Puis la minuterie s'éteignit. Je me remis à respirer.

Je n'arrivai pas à m'endormir. Je revis le début du *Mépris* en vidéo, jusqu'au moment où Brigitte Bardot s'affuble d'une perruque noire.

Sa visite m'obséda le reste de la nuit et une bonne partie du lendemain.

Je me dis que je devrais essayer d'aimer Bébé.

Je voudrais bien pouvoir dire que mon histoire avec Bébé commença tout de suite après cette soirée. Mais il me faudra parfois décrire les choses telles qu'elles ont été et non telles que je les aurais souhaitées.

Je mis de l'ordre dans la pièce, fis une dizaine de pompes, triai des factures, vidai le panier de linge sale.

C'était une petite Française. Je me posais tellement de questions à son sujet que mon cerveau faisait des heures supplémentaires. Quelle drôle d'espèce nous formons.

On se souvient peut-être que ce fut un été superbe. Je ne bougeai pas de Paris. Des amis m'avaient invité à l'île de Ré, mais il y avait eu ce coup de fil d'un réalisateur me demandant de l'aider à adapter *Une vieille maîtresse*. Je relus Barbey d'Aurevilly.

Evidemment, elle n'appela pas, ni le lendemain ni les autres jours. Ce silence eut le don de m'agacer. J'en conclus que ses histoires d'assurance s'étaient arrangées et qu'elle n'avait plus besoin de moi.

Bientôt, je composai son numéro. Elle décrocha. Elle était là. Je raccrochai sans un mot. Ça ne se faisait pas. Les jours s'en allaient aussi vite qu'ils étaient arrivés. Je me demandais tout le temps ce qu'elle devenait. Le jeu qu'elle jouait. Bébé : ça n'était pas un nom. Personne ne s'appelait comme ça. Bébé. Bébé.

Au bout d'une semaine, je n'y tins plus. Je fis quelque chose de très bête. Je glissai un exemplaire de mon livre dans sa boîte aux lettres. En guise de dédicace, j'avais écrit : « A la plus exquise des cambriolées du septième arrondissement ». A peine eus-je lâché le volume que je regrettai mon geste.

L'été ne se décidait pas à finir. Il y avait beaucoup de voitures rouges dans Paris. Je fis des choses qui ne valaient pas la peine d'être notées. Je déjeunai au Voltaire avec un écrivain qui envisageait très sérieusement de s'installer en Afrique du Sud. Au bar du Montalembert, j'interviewai une actrice au physique si banal que tout le monde aurait pu s'imaginer avoir couché au moins une fois avec elle. Son visage n'exprimait rien. Mon éditeur me demanda si mon roman avançait. Je passai au journal prendre mon courrier. Je portai mon dernier tiers aux impôts. Je me fis couper les cheveux chez ce coiffeur de la rue de Bourgogne qui racontait toujours des histoires salaces. Je travaillais dans des cafés avec mon réalisateur. Le scénario prenait tournure. Je lisais. J'allais à des vernissages, à des projections. On m'invitait à dîner en prévoyant pour moi une femme qui ne me plairait pas. Vers minuit, je ramenais chez elles des blondes, des rousses que je ne reverrais jamais. Je les embrassais sur les joues, elles sortaient de l'auto et je démarrais sans attendre. Que disait-on de moi ? Je repensais à toutes ces petites filles riches que j'aurais pu épouser. Parfois, je me disais que j'aurais dû me remettre à écrire.

Je louai un smoking Au Cor de Chasse et pris l'avion pour Lisbonne où se déroulait un festival de cinéma. Par le hublot, je contemplai la banquise des nuages.

Retour à Paris. Je ne voulais plus penser à la petite Française. Je conduisais sans savoir où j'allais. J'ai traversé des places, des rues, un bois. J'ai emprunté dans les deux sens le tunnel de Saint-Cloud avec son éclairage de micro-ondes. Le pont de l'Alma était embouteillé. Sur les quais, la chaussée était toute rapiécée. Le 63 déboîta sans mettre son clignotant. Sur les trottoirs, les jeunes filles au pair promenaient des chiens à poil ras. Je me sentais un peu seul. Des lumières palpitaient du côté du Trocadéro. Je voyais le ciel rouge sang au-dessus de Paris. Je glissai la compilation des Rolling Stones dans le lecteur de cassettes. La tour Eiffel n'était pas encore éclairée. Je n'avais pas faim, mais après tout mon métier consistait à dîner au restaurant. Je tournai dans l'avenue du Président-Wilson. Je me décidai pour un chinois du seizième arrondissement où dès les hors-d'œuvre je réclamai une fourchette au serveur.

Quand je sortis, les étoiles dans le ciel étaient proches. On m'avait accroché l'aile. Personne n'avait laissé de carte de visite sur le pare-brise. On était bien dans la deuxième moitié du vingtième siècle. Je baissai la vitre et roulai en écoutant les sons étouffés d'une fin de soirée d'été. Chez moi, je me décapsulai un Coca-Cola et regardai une nouvelle fois *Le Mépris*. Sur une terrasse, Brigitte Bardot trônait nue avec sur les fesses une Série Noire intitulée : *Entrez sans frapper*.

Ce fut la rentrée. De nouveau on mit des pièces dans les parcmètres. Les éditeurs envoyèrent leurs romans par dizaines. Je les ouvrais. Il n'y en avait pas un que j'aurais voulu avoir écrit. Je n'avais pas de remords.

Bébé avait disparu de la circulation.

Un soir de septembre, je l'aperçus dans un restaurant de Saint-Germain où je dînais avec Edouard. Ça n'était pas un restaurant à la mode. Edouard était désespéré. Chez Edouard, le désespoir est un état assez naturel. Pour une fois, il avait des raisons. On venait de lui voler son manuscrit à l'aéroport de Toulouse. Une seconde d'inattention devant le tapis roulant des bagages, et la serviette dans laquelle il conservait ses deux cents feuillets s'était volatilisée. Il reposa son verre et dit :

– Tu as vu cette petite brune piquante, là, au fond ?

Je me retournai le plus discrètement possible. C'était Bébé. Elle était avec un couple. Elle fumait. Elle me fit un petit signe, mais de loin. Nous sommes partis avant elle. Nous avons longé la vitrine de La Hune où s'étalaient les dernières parutions. D'un regard furtif, Edouard vérifia que sa biographie de Pascal Jardin était bien en place.

J'écrivis sur le restaurant un article où je disais que cet endroit était plein de jolies femmes.

Le lendemain, j'allai nager. Je connaissais bien la piscine couverte du marché Saint-Germain. Je m'y rendais deux ou trois fois par semaine, le matin. A chaque fois, je tâchais de parcourir un kilomètre, moitié crawl, moitié brasse. C'était un bel effort.

Le bassin était presque désert. Une lumière pâle et verdâtre tombait sur l'eau. Sous la surface, les membres des baigneurs avaient l'air bizarrement blancs. Je nageai longtemps, sans m'arrêter. Le chlore me piquait les yeux. Petite culbute à chaque virage. Les longueurs se succédaient. Au début, elles se ressemblaient toutes, puis elles devenaient de plus en plus récalcitrantes. Je suivais la ligne horizontale tracée au fond, sur le carrelage. Peu après onze heures, des scolaires déboulèrent en hurlant. Les cris résonnaient comme dans une cathédrale. Le maître nageur siffla pour rappeler à l'ordre les dissipés. Je sortis de l'eau et me séchai. On tendit des cordes de flotteurs. Les filles sautaient dans le grand bain en se bouchant les narines. Les filles sautent toujours dans l'eau en se pinçant le nez et elles courent toutes avec les jambes en X. Le professeur de gymnastique était en combinaison fluorescente. De mon temps, ils avaient des survêtements de coton uni. Je regardai sous l'eau les silhouettes déformées qui faisaient des mouvements désordonnés de grenouilles. L'air était moite, étouffant, comme s'il avait déjà été respiré.

J'avais faim. L'heure du déjeuner approchait. Je voulais voir la mer.

Côté Bébé, rien de nouveau. Elle faisait la morte. Je ne savais pas où elle était. Le courrier s'entassait sur son paillasson. Le soir, en rentrant, je guettais ses fenêtres. Elles restaient effrontément éteintes. Je ne voyais plus grand monde. Je dormis beaucoup.

Les choses n'allaient pas assez vite.

Un jour, vers midi, on sonna. J'étais sûr que c'était Bébé. Elle se tenait la joue gauche.

– Je sors de chez le dentiste. Offrez-moi donc une infusion.

Elle entra, se débarrassa de sa veste en cuir. Elle me suivit dans la cuisine où je mis de l'eau à chauffer sur le feu. Elle remuait les mâchoires de gauche à droite. L'anesthésie ne s'était pas entièrement dissipée. On lui avait posé trois couronnes.

– Il y a un hôtel des Trois-Couronnes, je ne sais plus où. A Vevey ?

Elle m'énervait, avec ces noms d'hôtels. Petite, elle avait vécu avec sa gouvernante dans une suite du Meurice, en attendant le divorce de ses parents. Le balcon plongeait sur la rue de Rivoli et les Tuileries. Des pigeons s'y rassemblaient. Elle leur lançait ses croissants du petit déjeuner.

Elle prit une cigarette, se pencha pour l'allumer à la flamme du gaz. Elle souffla la fumée vers le plafond. Sa bouche se tordit bizarrement. L'eau commençait à frémir dans la casserole.

– A quoi pensez-vous ? dis-je.

– A rien. Je ne pense jamais à rien. Demain, j'arrête de fumer.

Son bronzage s'estompait. Elle n'avait pas le même parfum que la dernière fois. Celui-là sentait un peu la pharmacie. Un bandeau ramenait ses cheveux en arrière. Je cherchais des trucs intelligents à dire. Rien ne venait. Je versai l'eau dans la théière, avec un sachet de verveine. Je me préparai un café.

Nous sommes retournés dans le salon. Je l'observais. On avait envie de la regarder jusqu'à l'épuisement. J'admirai sa façon de marcher, de s'asseoir. Elle dut le remarquer, car elle leva les yeux vers moi.

– Vous étiez peut-être en train de travailler ?

– Pas vraiment. J'essayais de lire.

Elle ôta ses tennis, ramena ses jambes sous

elle. La tisane était brûlante. Elle souffla sur sa tasse qu'elle tenait à deux mains. J'avais du mal à m'arrêter de la regarder. Il y eut un silence. Puis elle dit :

– Je vais vous dire un secret. Vous savez garder un secret ?

– Je tâcherai.

Quelque chose changea sur son visage.

– Voilà : il ne s'est rien passé entre mon père et moi.

– Entre le mien et moi non plus !

– Oui, mais moi ma mère est persuadée du contraire.

Soudain, je la vis éclater de rire, faire un petit geste qui aurait pu signifier tout et n'importe quoi, en gros : n'y pensons plus. Elle reparla du cambriolage. Elle avait fait blinder la porte. L'assurance avait remboursé. Elle avala une gorgée de verveine. Elle renversa la nuque sur le dossier du fauteuil.

– Je serai toujours heureuse. Parfois, je rêve que j'ai quarante, cinquante ans et que je suis éperdument heureuse.

Je lui dis :

– J'ai essayé de vous appeler je ne sais pas combien de fois.

– Vous aviez mon numéro ? Pourtant, je n'ai pas bougé de Paris.

Le goût du café me poissait la bouche. C'était ma troisième tasse. Bébé passa sa langue sur ses dents de devant, posa sa verveine sur la moquette.

– J'ai un petit peu mal. Je crois que je vais aller dormir une heure. Si vous veniez dîner ce soir à la maison ?

Elle n'attendit pas la réponse, se leva, attrapa sa veste et claqua la porte derrière elle. Je me dis que tomber amoureux était une chose trop grande pour moi.

En fait de dîner, je dus l'emmener à l'Hôtel-Dieu. En décortiquant des langoustines, la petite Française s'était envoyé dans l'œil un éclat de carapace. La cornée était déchirée. Bébé ressortit des urgences avec un pansement de borgne. Dans l'auto, je lui dis d'annuler tout. Pas question. D'abord, elle avait promis ; ensuite elle mourait de faim. Nous montâmes chez elle. L'appartement avait été rangé de fond en comble. Cela avait nécessité deux jours complets. Du courrier pas ouvert s'entassait sur un guéridon. Le congélateur n'avait jamais été dégivré. Elle fit livrer du libanais. Les langoustines partirent à la poubelle. Il y avait une émission littéraire à la télévision. Bébé critiqua la veste du présentateur.

– Chut, j'écoute ! fis-je.

Elle se leva et alla chercher une granny-smith à la cuisine.

Elle s'assit en boudant sur le canapé. On ne s'occupait pas assez d'elle.

Elle garda son pansement pendant une semaine. Elle ne voulut aller nulle part. C'était reposant. J'étais à ses petits soins. Je me fendis de cuisiner. Bébé eut un faible pour la barbue grillée au beurre de caviar. Ma préférence alla aux escalopes de foie gras poêlées à la cardamome. La petite Française disait : « cardamone ». Elle n'en démordit pas.

J'ôtai le couvercle de la machine à écrire. Je pris une feuille de papier et la glissai dans le rouleau. Le ruban était presque sec. Penser à le changer. On m'avait encore demandé un article sur la Corrèze. On me demande tout le temps des trucs de ce genre parce que j'ai grandi là-bas et que j'y retourne pour les vacances. Je suis le spécialiste des Rolling Stones et de la Corrèze. Ces choses-là se savent, à Paris. Je tapai un début de phrase, sans conviction. La suite ne venait pas. Merde pour la Corrèze. Il y avait plus urgent : prendre une douche et aller à la projection du nouveau Clint Eastwood.

Septembre était bien avancé. Dans la presse, on dressait déjà des pronostics pour le Goncourt. J'étais impatient d'être au soir. Je me souviens parfaitement du film que je suis allé voir cet après-midi-là. Nick Nolte n'arrêtait pas de claquer des stores et de verrouiller des portes. Il faisait encore doux. Des feuilles pourrissaient dans les caniveaux. Il y avait de plus en plus de crottes de chien sur les trottoirs. A l'angle de la rue du Bac et du boulevard Raspail, la pendule retardait de dix minutes. Une femme plus très jeune, son imperméable replié sur le bras, de façon qu'on remarque la doublure écossaise si particulière de Burberrys, attendait à la station de taxis. Quelqu'un devait être en train d'appeler la borne puisqu'elle clignotait comme un phare en mer. Je marchais en souriant sans raison.

Rue Las-Cases, je passai devant l'école communale. Une mère qui allait chercher son fils me demanda de surveiller sa voiture garée en double file. Elle était blonde, elle avait mon âge, j'aurais pu avoir été au lycée avec elle et elle avait déjà des enfants à l'école. Elle revint en tenant un gamin bouclé par la main. Il s'engouffra à l'arrière de la voiture. Elle me remercia. Par la vitre, son fils ne me lâchait pas du regard. En partant, sa mère me glissa dans la paume un paquet de Car en Sac.

Soudain, je la vis. Je rentrai sous terre. Elle sortait du drugstore, en face. J'étais à la terrasse du Flore. Elle avait des journaux sous le bras, à la main un sac de pharmacie en papier blanc avec une croix verte. Le vent releva ses cheveux qu'elle n'avait pas attachés. Elle portait un imperméable noir en Nylon très fin qui s'envolait dans son dos. Elle commença à traverser le boulevard, s'arrêta, revint sur ses pas et obliqua vers la station de taxis où patientait une longue file. Elle était mince et libre. Des têtes se retournèrent sur elle. J'aurais fait pareil, si je n'avais pas connu Bébé. Si je ne l'avais pas connue, je n'aurais rêvé que d'une chose : lui être présenté. Elle entra dans la cabine téléphonique, n'y resta pas longtemps. Elle s'engouffra dans la porte à tambour de la brasserie Lipp. Est-ce qu'elle m'avait vu ? Je me demande encore pourquoi je ne l'ai pas appelée ce jour-là.

Le garçon m'apporta un *welsh-rarebit* et un verre de pouilly-ladoucette.

Il avait fallu que j'accompagne mon père à la gare d'Austerlitz. Il prenait le train du soir pour Brive. J'avais garé la VW à cheval sur un trottoir. Mon père s'exilait en Corrèze tous les week-ends. Sa place était réservée dans la voiture qui jouxtait le wagon-restaurant. Il avait ses habitudes. Le maître d'hôtel le connaissait. Mon père n'avait qu'une petite valise. Je le lestai de tous les magazines que j'avais raflés au kiosque dans le hall. Il grimpa dans le wagon. Je le vis enlever son pardessus, hisser son bagage, saluer quelques messieurs de son âge. Il baissa la vitre, s'accouda à la barre de métal.

– Bientôt, ces trains-là seront supprimés, dit-il. Tout le monde prend l'avion, maintenant.

Sur le quai, je l'écoutais, emmitouflé dans le Macintosh qu'on m'a volé depuis dans un restaurant. Le vent s'engouffrait sous l'immense verrière. Il y eut un coup de sifflet. Le train démarra lentement.

– Et ma Série Noire ? Tu avais dit que tu m'apporterais cette Série Noire.

J'eus un petit geste désolé. Mon père attendit de remonter la vitre pour m'adresser un signe d'adieu. Un instant, je faillis sauter dans le wagon, partir avec lui. Qu'est-ce qui me retenait à Paris ? Je levai le bras. Tout se passa en silence. Je m'éloignai vers la sortie. Je sentais le bitume résonner sous mes pas.

Même de loin, le rectangle vert pâle était identifiable. Je froissai le PV en boule avant de le jeter dans le caniveau. Je me suis glissé au volant. J'ai roulé dans le Paris de la nuit. Exprès, je choisissais les boulevards qui étaient encore pavés. Il y avait Malesherbes, le cours de Vincennes, une partie des Champs-Elysées. L'auto se mettait à gronder, à trembler. On n'entendait plus la radio. A un carrefour, des agents m'arrêtèrent. J'avais oublié d'allumer mes feux. Je leur fis mes excuses les plus plates. Ils me dirent de circuler, pour cette fois ça allait. Je ne pouvais pas leur expliquer que je pensais trop à Bébé.

A l'Etoile, la pluie commença à tomber. Je déclenchai les essuie-glaces. Soudain, j'ai eu envie d'un peu de soleil. Je décidai de rentrer pour revoir *Le Mépris*. Le film, on s'en souvient, se passe à Capri.

Bébé avait laissé un mot sur la porte. Je le dépliai.

« Vous n'étiez pas là. Je vous aurais bien vu. Nous n'avons jamais été à la neige ensemble.

Pensez-y. Il fera très froid et on dormira sous l'édredon jusqu'à midi. Je suis sûre que vous skiez affreusement mal. On se parle très vite. »

Mon père m'avait fait rater la femme de ma vie. Je ne me sentis pas le droit de lui en vouloir.

Au journal, l'ambiance était mauvaise. Le directeur menaçait de donner sa démission. Il avait fait le coup plusieurs fois, mais là il semblait que Mauvert ne plaisantait pas. Clause de conscience, tout le monde n'avait que ce mot à la bouche. Il était question du rachat du titre par un puissant avionneur. Il y avait de l'affolement dans les bureaux. Les ventes continuaient à baisser. Je ne venais pas assez souvent avenue de la République pour me sentir concerné.

– Alors, ça marche le tennis ?
– Pas le tennis : la piscine.
– Pardon, dit-elle. Je ne fais attention à rien.

Bébé, qui revenait du Midi, m'avait attendu dans un café. Des taxis patientaient à la station. Nous avions décidé d'aller déjeuner dans un restaurant en terrasse. Elle posa des questions au chauffeur pendant tout le trajet.

– C'est là, fis-je.

Il y avait des crevettes roses et des soles grillées. L'automne baignait la ville de ses derniers feux. Je posai ma veste sur le dossier de la chaise. Le maître d'hôtel s'approcha avec les assiettes. Le vin blanc était en carafe. Bébé appuya son menton sur son poing. Je goûtai le vin. Il n'était pas tout à fait assez frais.

– Ça ne fait rien, dit Bébé. Il est bon. Quelle jolie couleur ! Un vin qui a cette couleur ne peut pas être mauvais.

– Vous ne m'avez pas écrit ? dis-je.

– C'est vrai. Mais c'était pour que vous pensiez à moi. Est-ce que vous avez beaucoup pensé à moi ?

Elle m'attrapa la main et la porta à ses lèvres. Sur une pelouse, des adolescents jouaient au football. Leurs vêtements empilés figuraient les poteaux de but. Une fille blonde lançait un frisbee à un chien portant un foulard autour du cou. Au dessert, Bébé dessina des Père Noël sur la nappe en papier. Un cerf-volant en forme de dieu inca flottait dans le bleu du ciel.

La petite Française était d'une humeur, mais d'une humeur ! La coiffeuse avait raté sa coupe. Incapable d'égaliser les cheveux, là, derrière, sur la nuque. C'étaient des soucis de femme. Les journées qu'elle avait ! Elle ne tenait pas en place. Ensuite, elle était passée au pressing déposer une jupe. Puis elle avait déjeuné à La Coupole avec une amie de sa mère. Elle ne voyait donc jamais de gens de son âge ? Après, elle avait cherché des collants sur toute la rive gauche. C'étaient des collants très difficiles à trouver. Quelle bêcheuse !

On passa à l'heure d'hiver. Le moment me parut choisi pour m'en aller. Je partis pour l'Espagne avec pour mission de chasser Bébé de mes pensées. La vieille Coccinelle était increvable. Les feux étaient presque toujours verts. Je quittai Paris par la porte d'Orléans. Je roulai toute la nuit, la radio réglée sur la FM. Il y avait beaucoup de quatre-voies. Soudain, à hauteur de Châteauroux, je dus freiner à cause d'un accident. Des gyrophares projetaient des lueurs orange dans le brouillard. La file de voitures ralentissait. Un gendarme faisait des moulinets avec les bras pour régler la circulation. Une BMW était renversée sur le bas-côté. Je distinguai des blouses blanches, un brancard. J'accélérai. J'ai traversé le Massif central. Le jour se leva juste avant Toulouse. Au Perthus, un douanier qui somnolait dans sa guérite me fit signe de passer sans même vérifier mes papiers. Après la frontière, la route était étroite et sinueuse. Elle descendait en lacet jusqu'à Calleda. Lentement, j'ai traversé la petite station déserte. J'aurais aimé qu'il pleuve. Je m'arrêtai dans un hôtel un peu vide qui surplombait une crique. La chambre était froide et humide, malgré le radiateur électrique poussé au maximum. Je tirai les rideaux. Il était midi.

Au réveil, le soir était déjà là. Il pleuvait. J'avais gaspillé la journée à dormir. La côte se détachait dans l'obscurité. C'était presque la tempête. Le vent claquait contre les vitres. Je me fis couler un bain. Le robinet délivrait au compte-gouttes un filet d'eau tiède. L'eau avait une drôle de teinte, dans les marrons, dans les ocres. Je ne voulais plus penser à Bébé. Je n'avais aucune photo d'elle. Quand j'essayais de reconstituer son visage, ses traits se mélangeaient. Une araignée courait sur le mur, au-dessus du bidet. Je l'écrasai avec un mocassin. Cela forma une petite bouillie sur le carrelage. J'enfilai ma veste matelassée bleue, celle que j'avais achetée au Portugal, et fermai la porte à clé. Je devais être le seul client. Dans le hall, le réceptionniste voulut me tirer les cartes. Il sentait le vin. Il parlait de la Catalogne, de son signe astrologique (le même que le mien, ce dont je me gardai de l'informer), d'une touriste hollandaise à scooter qu'il avait failli épouser l'été précédent. Il brandissait les lettres de la fille en question, me montrait les timbres sur les enveloppes. Son blazer luisait de taches. Il y manquait un bouton. Ce ne fut pas sans mal que je lui soutirai l'adresse d'un restaurant ouvert en cette saison.

Les jours se suivirent. Je ne les comptais plus. A table, je buvais trop de rosé. Je faisais des siestes interminables. Cette solitude me déprimait. Je n'eus même pas le courage d'aller visiter le musée Dalí à Figueras. Le soir, je m'endormais sans m'en rendre compte. Dans la chambre, il n'y avait pas de télévision. Mon magnétoscope me manquait. Je ne pourrais pas revoir *Le Mépris*. Qu'est-ce qui me plaisait tant dans ce film ? La maison rouge de Malaparte ? Le peignoir jaune de Bardot ? Jack Palance signant un chèque sur le dos de sa secrétaire ?

J'avais emporté un de ces gros romans russes qu'on ne termine jamais. J'avais aussi Barbey d'Aurevilly en Pléiade. Je ne l'ai pas ouvert. Si j'avais été vraiment fou, je me serais baigné dans la mer glacée. Le matin, une mouette venait se percher sur mon balcon, toujours la même. De près, cet oiseau était moche comme tout. Je feuilletais *La Vanguardia* en traduisant un mot sur cinq. Le vent soufflait de la terre. La nuit, les rafales secouaient les volets. Je me promenais dans le parc de l'hôtel. Des escaliers conduisaient à une plage de galets. En été, l'endroit devait être bondé. Le filet du tennis pendouillait, déchiré. Je shootais dans les aiguilles de pin parasol. Une vapeur humide flottait dans l'air. L'eau de la piscine avait croupi. Des grenouilles s'y étaient réfugiées. Ce semi-abandon convenait à mon humeur. Pas une seule fois je ne rêvai de la petite Française. Si j'avais rêvé d'elle, je m'en serais souvenu.

Je m'étais promis de ne pas l'appeler. Ou, si je l'appelais, de ne pas lui dire où j'étais. Je lui envoyais une carte postale par jour. J'étais naïf et sentimental. Le cinquième jour, ma résistance était à bout. Je composai son numéro précédé de l'indicatif 19 33 1. Elle décrocha presque aussitôt. Elle ne pouvait pas vivre sans avoir un téléphone à portée de la main. Malgré la distance, la communication était parfaite.

– Où êtes-vous ? dit-elle. Connaught ? Hassler ? York House ? Minzah ?

Je ne comprenais rien à ce qu'elle racontait. Je fis celui qui n'entendait pas. Elle avait dîné seule en face du tableau qu'elle avait acheté l'après-midi à Drouot. Une seconde, j'ai failli lui dire de me rejoindre. A la place, je lui indiquai la date approximative de mon retour.

Un matin, je repris un café en terrasse. Une femme seule jouait sur la plage avec une petite fille en ciré jaune. La mère s'était assise, regardant sa fille qui essayait de faire des ricochets. Celle-ci n'avait pas la manière. Elle lançait sur l'eau des morceaux de tuile polis par la mer. La tuile rebondissait une fois, deux maximum, puis coulait. La femme était emmitouflée dans un parka de surplus kaki.

Je bus mon café en les observant. Toutes les trente secondes la petite fille revenait vers sa mère pour lui dire quelque chose. La jeune femme semblait un peu ailleurs. Il y avait de la tristesse sur son visage, cette nostalgie des femmes qui sont en train de perdre la partie. Sa beauté commençait à être un peu endommagée. Le vent fit voler ses cheveux longs. La petite fille était très blonde, la mère dans les châtains. Je me dis qu'il s'agissait d'une récente divorcée. Le nombre de femmes comme ça qui se retrouvaient seules ! On m'apporta un verre d'eau. Il faisait un sale temps. La tramontane se leva pour de bon. Les vagues se brisaient contre la digue, éclaboussant de sel la carrosserie des voitures en stationnement.

La femme s'était allongée sur les galets, les mains croisées sous la nuque. Sa fille vint tout de suite s'asseoir à califourchon sur son ventre. La femme se mit debout, épousseta son pantalon et s'enfuit. La petite fille la poursuivit en trébuchant sur les galets. Je réclamai l'addition. Je ne savais même pas si elles étaient françaises.

Toujours le même temps de merde. Grisaille et tramontane. Je longeais le front de mer, penché en avant pour lutter contre les rafales. Sur la promenade, on avait attaché les feuilles des palmiers. Dans le port, un dériveur abaissait sa voile. Un hélicoptère de l'armée survolait la crique. De la cabine publique, j'essayai d'appeler Paris en me servant de ma carte de crédit, mais je ne compris rien aux instructions rédigées en espagnol au-dessus de l'appareil et la communication n'aboutit pas. Dehors, un berger allemand se roulait dans la gadoue. Dans une Jeep à l'arrêt, deux gardes civils fumaient une cigarette. Calleda se vidait. Je pris une bière dans un café où de vieux pêcheurs jouaient aux dominos. Dans une galerie marchande, je fis cirer mes chaussures. Je marchai encore et, assise sur un mur de brique qui enjambait le rio à sec, j'aperçus la femme de l'autre jour dans un gilet de grosse laine bleu marine. Elle aussi m'avait vu, mais elle ne bougeait pas. Je vins vers elle. Sa fille surgit de derrière une auto garée là. Je n'osai pas les aborder.

Le soir, le vent tomba. Je revis la femme au parka dans un restaurant. La petite fille blonde n'était plus avec elle. Peut-être qu'elles vivaient ici, dans une maison blanche à l'écart du port, qu'une grand-mère gardait l'enfant. La femme buvait du vin blanc en pichet. Des calamars à la romaine refroidissaient dans son assiette. Elle les mangeait avec les doigts. J'avais emporté un journal que je n'ouvris pas. Sur la place, je glissai une carte postale dans la grosse boîte aux lettres jaune et rouge.

Le lendemain matin, nous nous trouvâmes nez à nez à la sortie du marchand de journaux. Elle avait sous le bras des magazines anglais et une cartouche de cigarettes Ducados. J'allais chercher les quotidiens. Elle me sourit, dit une phrase que je ne compris pas. Elle monta dans un 4 × 4 couvert de boue dont elle claqua la portière avec fracas. A l'arrière, un setter collait sa truffe contre la vitre. Le véhicule s'éloigna dans les flaques. Il avait une plaque d'immatriculation britannique. J'entrai dans la boutique éclairée au néon. Et si cette Anglaise chassait Bébé de mon esprit ?

– Moi, c'est Sharon.

Un soir, on donna une réception à l'hôtel.

Le directeur m'avait convié avec humour, précisant que de toute façon avec le bruit je ne réussirais pas à dormir. L'Anglaise était là. Elle m'avait reconnu aussi. Nous étions les deux solitaires de cette assemblée. Je me présentai et lui serrai la main. Elle parut plongée dans un songe jusqu'à ce que le serveur nous tende deux coupes de champagne espagnol.

– Il y a trop de bulles dans leur champagne, dit-elle en français avec son accent délicieux.

Elle ne portait pas d'alliance. Elle vit que je regardais son annulaire.

– Je ne suis pas mariée, rassurez-vous. Enfin, je ne le suis plus. Mon alliance, je l'ai jetée par la fenêtre, à Londres, une nuit où je me suis disputée avec mon mari... Cinq minutes après, je suis descendue, j'ai cherché partout avec une lampe de poche, je n'ai jamais réussi à la retrouver. Clara avait quatre ans, ajouta-t-elle comme si cela expliquait quelque chose.

Je hochai la tête. Ainsi, la petite fille très blonde s'appelait Clara. Le prénom lui allait bien. Clara. Sharon et Clara. *J'étais en Espagne et j'ai rencontré Sharon et Clara. Sharon avait une petite fille qui s'appelait Clara.* J'essayais des phrases. Le champagne me brûlait l'estomac. Sharon tenait formidablement l'alcool. Les Anglaises ont de ces privilèges. Elle adressa un sourire aux deux homosexuels de service. Elle avait un pantalon de toile trop large pour elle et des chaussures montantes de chef de chantier. Sa chemise en chambray découvrait son cou bronzé. Elle me plut tout de suite. Cette rencontre tombait mal. Il y avait Bébé.

Un orchestre jouait des airs de flamenco. Nous écoutâmes un morceau en silence. Des gens applaudirent à la fin. Les musiciens rangèrent leurs instruments et se dirigèrent vers le buffet. Sharon me dit quelque chose. Sa voix me désarmait. Les syllabes étaient en chewing-gum. A chaque silence, elle remettait en place une mèche de cheveux. Elle parlait bas. Elle avait des taches de rousseur et de grands yeux étonnés. Le directeur entra dans la salle. Elle parut soudain m'ignorer. Le type fit un discours en catalan. On applaudit encore une fois.

– Qu'est-ce qu'ils fêtent ?

– Oh, un de leurs saints quelconques. Vous n'avez pas faim ?

Elle but du champagne dans mon verre.

Nous avons quitté l'hôtel comme des voleurs. Un autre discours commençait.

Nous avons dîné près de la fenêtre qui donnait sur la mer. Des gouttes de sel avaient séché sur la vitre. Sharon vidait son verre très vite. Elle me parla de son mari sans jamais en dire de mal.

– Pourquoi avez-vous divorcé ? finis-je par demander.

– Qui vous a dit que j'étais divorcée ?

Sharon reprit de la crème brûlée. Elle eut un geste vague, une ébauche de sourire. Sur la table, la bougie éclairait ses yeux. Sharon a secoué la tête.

– Alan s'est suicidé. Pan, comme ça.

Elle avait mis un index dans sa bouche et imité le son d'une détonation.

– Clara avait cinq ans. Il n'a rien laissé, pas une lettre, rien.

– J'aimerais trouver les mots...

– La fatalité, dit-elle en allumant sa cigarette à la flamme de la bougie.

– Qu'est-ce que c'est que ça ?

– La fatalité, dit-elle, c'est ce qui arrive quand on n'est pas fataliste.

La formule me plut. Je me levai pour aller pisser. Trop de rosé. Au retour, je faillis lui parler de Bébé, mais Sharon était déjà en train d'enfiler son parka. Elle avait réglé l'addition. Je me récriai.

– Ne protestez pas, dit-elle. Vous êtes ici chez moi.

– Chez vous ! Mais vous êtes anglaise !

– Chut, petit Français !

Ces mots touchèrent quelque chose en moi. Je suivis Sharon dehors. Elle respira très fort, en renversant la tête, mains dans les poches.

– Chaque fois que je viens ici, j'ai l'impression que tout peut m'arriver. Pas vous ?

J'étais un peu distrait parce que je m'étais mis à repenser à Bébé. Je ne savais rien d'elle. En une soirée, j'en avais appris davantage sur Sharon que sur Bébé en plusieurs semaines.

– Vous ne m'écoutez pas ?

Je dus lui mentir.

– Je me demandais pourquoi les touristes ne préfèrent pas venir ici quand l'été est fini.

– Regardez, fit-elle. Les lames. Quand elles

éclatent sur les rochers, on dirait des sapins de Noël couverts de givre.

Nous étions sur la place. Seule tache de lumière dans l'obscurité, un stand de tir plutôt minable. Le forain déposa les plombs dans un couvercle en fer-blanc. J'armai la carabine. Sharon tirait mieux que moi. Elle visait sans fermer les yeux. Nous comparâmes nos cartons. Elle gagna une bouteille de moscatel.

La Range Rover était là, sous les platanes. Sharon n'eut besoin de rien dire. Je grimpai du côté gauche. Elle mit le contact et la lumière verte du tableau de bord éclaira doucement son profil. Sharon sortit du village et nous empruntâmes une côte assez raide. Cela tournait beaucoup. Des ronces griffaient les flancs de la Rover.

Je ne me souviens plus de ce que nous nous sommes dit sur le chemin. Il y avait ces éclairs dans le ciel. Je crois que Sharon a évoqué un film qu'on avait tourné sur ces falaises, il y a des années, avec Kirk Douglas ou Anthony Quinn.

– Vous ne l'avez sûrement pas vu. Ça n'est jamais sorti en France. Vous n'avez rien perdu, d'ailleurs. J'avais un petit rôle, là-dedans, un tout petit rôle. Le producteur était un ami de la famille. Je jouais une serveuse dans un bar. Le héros me commandait un cuba-libre.

Il s'agissait du bar où je l'avais remarquée le premier jour. L'auto brinquebalait dans les nids-de-poule. Les cahots nous secouaient comme des participants à un rodéo.

Dans un virage, le 4 × 4 fit une embardée. Les roues patinèrent plusieurs secondes avant de s'arracher à la boue.

– Hoops, fit Sharon. *Flirting with disaster.*

Qu'est-ce que je fichais avec cette femme ? Autour de nous, le noir était total. Parfois, dans le lointain, le faisceau intermittent du phare balayait la mer. La voiture allait basculer dans le vide, on retrouverait nos deux corps dans cet engin calciné et rien de tout cela n'aurait le moindre sens.

C'était là. Nous étions arrivés. La maison était perchée au sommet des rochers. La porte n'était pas fermée à clé. Nous entrâmes dans une vaste pièce aux murs blanchis à la chaux. La nuit se collait à la baie vitrée. Sharon laissa tomber son parka sur le carrelage.

– Dans la journée, la mer est magnifique. Oppressante, mais magnifique. De l'eau à perte de vue.

– Vous ne vous sentez pas trop seule ?

– Vous savez, fit-elle en riant, j'ai une grande vie intérieure.

Je souris à mon tour. Tout un mur de la pièce était décoré de photos. Les plus récentes étaient en couleurs. L'une d'elles représentait une petite fille blonde en train de lancer du pain à des ours blancs dans un zoo.

– Munich 1984, commenta Sharon.

A côté, il y avait un cliché sur lequel Sharon était enceinte, debout, les doigts posés sur son ventre. Elle avait un chignon et fixait l'objectif sans sourire.

– Qui a pris celle-ci ?

– Personne. J'avais mis le déclencheur automatique.

Ailleurs, on la voyait à un dîner avec Mick Jagger.

– C'était un ami de mon mari. J'ai oublié de vous dire que mon mari était très riche. Duggann. Les brasseries Duggann. Quand je pense que je ne bois jamais de bière ! Ça, c'était sur la plage du Carlton pendant le festival de Cannes. Alan avait financé un film en compétition. Un bide noir. Il n'a pas recommencé.

Une télévision en acajou trônait sur une sorte de tronc d'arbre.

– Le poste est en noir et blanc. Je ne veux pas la couleur. Je suis peintre, vous savez. Dans mes toiles, je n'utilise que du noir et blanc. Vous n'avez pas soif ?

Elle alla chercher des glaçons. Dans la bibliothèque se côtoyaient Henry James en Penguin, *Le Prince des marées* dédicacé par Pat Conroy, une biographie de Sylvia Plath, tous les romans d'Iris Murdoch. Sharon revint avec le whisky.

– Très peu, pour moi.

Elle a haussé les épaules, a rempli mon verre puis le sien. Nous nous sommes assis sur le canapé. La pluie giflait les carreaux. J'avalai une gorgée. Je détestais toujours autant le whisky.

– C'est dommage que cet endroit soit sur la carte, dis-je.

– Si peu, dit Sharon.

Je notai qu'elle avait un début de double menton. Bizarrement, ce défaut m'émut.

– Vous n'allez pas rester, n'est-ce pas ?

Mes lèvres émirent un bruit indistinct. J'étais tout près d'elle maintenant. Un nerf battait sur sa tempe. Mon regard s'attarda sur ce carré de peau à la lisière des cheveux. Je la serrai dans mes bras un instant. Je ne sus quoi dire. Je m'écartai d'elle et elle me saisit la main. Je me demandai vaguement l'âge qu'elle avait : était-ce quarante ans ?

Sharon posa un 33 tours sur la platine. La musique de Mozart envahit la pièce. Je fermai les yeux. Il y avait Mozart, Sharon, le whisky.

Je rouvris les yeux. Sharon n'avait pas bougé. Ses vêtements étaient coûteux. Elle n'était pas maquillée. Tout chez elle trahissait des générations d'éducation et de bon goût.

– Je sais ce que vous allez me dire.

Elle but une gorgée de whisky. Son calme avait quelque chose de blessé, de majestueux. Elle était veuve. Elle vivait loin de son pays. Tout cela était beau. Tout cela était bien. Ça n'était pas pour moi. Elle reposa le verre sur la table basse. Il y eut un léger tintement.

Sharon barra ses lèvres avec son doigt pour m'indiquer de ne pas faire de bruit et m'entraîna vers une porte qu'elle ouvrit lentement. Dans la chambre, la petite Clara dormait. Une marionnette de Oui-Oui traînait par terre. La fillette avait un pyjama sur lequel étaient imprimés des éléphants. Un de ses pieds sortait du drap. Sharon le recouvrit en prenant garde de ne pas réveiller sa fille. Après l'avoir embrassée sur le front, Sharon me ramena au salon.

Elle soupira et avala une longue gorgée de whisky. Je la regardai disparaître dans la salle de bains et la lumière du phare brilla une seconde dans son dos. Je remarquai le coup d'œil qu'elle jeta au passage sur les photos.

Elle revint en effectuant de petits bonds silencieux. Elle s'était passé de l'eau sur le visage. Des gouttes parsemaient sa chemise d'homme. Elle versa à nouveau du whisky dans les verres. Je faillis dire non, pas pour moi, mais un scrupule m'en empêcha. Elle me tendit mon verre, leva le sien et nous trinquâmes.

– On a l'air malins, n'est-ce pas ?

– Je ne sais pas quoi dire.

– Ne dites rien, puisqu'il n'y a rien à dire. Buvons ce délicieux whisky. Ecoutons cette musique. Admirons l'orage, dehors.

Elle fit quelques pas jusqu'à la fenêtre. Sa mince silhouette se reflétait dans la glace. Le disque s'arrêta avec un déclic. Le bras de l'électrophone revint à sa position initiale.

Elle m'a ramené à l'hôtel. Je n'avais pas demandé à voir ses tableaux. Je m'étais fait des idées. Elle est descendue de la Rover en même temps que moi. Son visage avait un air misérable. Il ne s'était rien passé entre Sharon et moi. La faute en revenait à Bébé. En d'autres circonstances, j'aurais sauté sur cette Anglaise. Je ne l'aurais plus lâchée. Nous nous sommes serré la main avant de nous embrasser maladroitement, à moitié sur la bouche, à moitié sur la joue.

– Vous m'appellerez ?

Je promis d'essayer. Elle reprit le volant. J'attendis là, au milieu du parking désert, que la voiture démarrât. Les feux arrière s'allumèrent. Elle s'enfonça dans la nuit bleue, avec ce vent qui venait de nulle part. Je n'ai rien de plus à dire sur Sharon. Je le raconte parce que c'est arrivé, voilà tout. « Prenez soin de vous » fut la dernière chose qu'elle me dit.

Je revins à Paris par étapes. Les poids lourds chahutaient la voiture chaque fois que j'en croisais un. Le reste du temps, il y avait la tramontane. Je roulais si vite que sur la droite les arbres faisaient comme une tache floue. A Toulouse, je saluai un ami d'enfance qui était en train de divorcer. Sa femme lui avait laissé l'appartement de la rue du Taur. Il m'invita aux Jardins de l'Opéra. Nous forçâmes sur le buzet. Je dormis sur le canapé du salon.

La Coccinelle était couverte de crottes de pigeons. Je l'avais garée sous un platane. A la sortie de Toulouse, une station-service possédait un lavage automatique. Pendant toute la manœuvre je suis resté dans la voiture ballottée par les rouleaux bleu pétrole. J'avais réglé à fond « Sara » de Fleetwood Mac. Je me suis dit que la petite Française aurait dû être là. Les rouleaux cessèrent de tourbillonner. Des gouttes zigzaguaient, affolées, sur le pare-brise. Une lumière verte clignota. J'eus très froid. Je repris la nationale 20.

Rue de Bellechasse, je tournai la clé dans la serrure. Je me baissai pour ramasser un mot griffonné que quelqu'un avait glissé sous la porte : « Vous n'allez pas le croire. J'ai besoin de vous. » Il n'y avait pas de signature.

NOTRE rendez-vous suivant consista en une partie d'échecs. Elle gagna. Je lui demandai si elle avait vu *Le Mépris*. Réponse : non. Elle s'engagea à y remédier. Je ne lui parlai pas de Sharon. Elle ne me parla pas de mon livre.

Edouard était sans auto. Il avait un service à me demander. Il appelait d'un café.

Maintenant, nous étions assis à l'avant de la Coccinelle dans l'ouest de Paris. La file de voitures était bloquée à un carrefour. Edouard dit :

– Toutes ces femmes, dans ces toutes petites voitures, qu'est-ce qu'elles font ?

– J'ai lu quelque part qu'une sur deux allait rejoindre un amant. Trois heures de l'après-midi. Oui, c'est ça, il est l'heure.

– Tu es bien savant.

– Qui va avoir le Goncourt ?

– Là, tu m'en demandes trop. Je ne sais pas. On parle de Dandreu. Toujours les mêmes histoires d'éditeurs.

– Oh ! C'est assommant.

– Quoi ? Le Goncourt ?

– Non, ces embouteillages.

Je crispai les mains sur le volant.

– Et Saint-Lorges ?

– Pas impossible. C'est Denoël. Et Denoël, c'est Gallimard. Cette année, ça devrait être le tour de Gallimard.

Edouard chercha des cigarettes dans la boîte à gants.

– Tu ne pourrais pas fumer ? dit-il.

Les arbres avaient encore leurs feuilles. Cela projetait une lumière verte sur le pare-brise. Il dit :

– Enfin, pour une fois, il y a du suspense. On ne sait rien. Le pire peut arriver.

Il eut son petit rire de crétin. Il prit un briquet sur le tableau de bord et lança des bouffées de fumée vers le plafond. Son sourire s'accentua.

– Ce que j'en dis, moi... Je n'ai pas lu un seul roman de la rentrée.

– Heureux homme ! Tu n'as toujours pas retrouvé ton manuscrit ?

– Toujours rien. J'ai tiré un trait.

– Allez, avoue, tu n'avais rien écrit. Tu as inventé tout ça.

– Tu crois que c'est mon genre ?

– Assez, justement. Et ta biographie ?

– Il y a eu des articles. *Le Figaro* a consacré davantage de place, mais *Le Monde* est plus favorable. On ne s'en sort pas mal, l'un dans l'autre. Tu vois toujours cette fille, là, Bébé ?

– Tu dis ça sur un ton : Bé-bé.

– Tu me la présenteras, dis, tu me la présenteras ?

Il me bourrait l'épaule de coups de poing. Sa cendre tomba sur son pantalon.

– Ça, mon vieux, pas question.

Le feu passa au vert, mais je ne démarrais pas. On klaxonna derrière.

– Qu'est-ce que tu fous ? dit Edouard.

J'enclenchai la première. J'avais de bizarres douleurs dans le bras gauche. Si je meurs, je veux que ce soit à genoux, très digne, comme Alain Delon dans *Le Samouraï*.

Qu'est-ce que nous avions à parler tout le temps de la mort ?

La semaine suivante, comme je traversais le boulevard Raspail, j'entendis une voix féminine qui m'appelait. Une vague de bien-être m'envahit. Bébé avait des paquets plein les bras.

– Vous faites des courses ?

– Vous voyez. J'ai déjeuné avec mon oncle. J'ai trouvé un endroit qui vous plairait. Il y avait des desserts fabuleux.

– Où ça ?

– Mystère. Je vous emmènerai. Peut-être. Un jour.

Un automobiliste s'énerva. Nous étions au milieu de la chaussée. Nous avons sauté sur le trottoir. La petite Française portait un chapeau cloche, un manteau dans les beiges et un sac de cuir que sa mère avait dessiné jadis pour un célèbre sellier. Le modèle portait même le prénom de Bébé. Je la trouvai encore plus belle que la dernière fois.

Elle contempla paisiblement la vitrine d'un antiquaire. Il y avait des chandeliers qui lui plaisaient. Elle entra, demanda le prix. Elle avait un besoin irrépressible de dépenser de l'argent. L'intérieur du magasin baignait dans une sorte de pénombre. J'aimais bien cette odeur de bois ciré. La propriétaire était une grande blonde aux joues rouges, une fausse Suédoise qui devait habiter dans la forêt de Rambouillet, rouler en break Volvo, avec des vélos d'enfants et un labrador à l'arrière. Elle avait retroussé les manches de son col roulé en poil de chameau. Bébé dit qu'elle allait réfléchir.

Je voulus faire quelque chose pour Bébé. Je lui offris des cigares.

– Comment saviez-vous que j'aimais tant les cigares ?

– Je ne savais pas.

Elle entra dans un café pour boire une bière mexicaine.

– Il paraît que le président de la République ne boit que cette marque, dit-elle.

– Vous avez voté pour lui ?
– Je ne vote pas. Il faut faire la queue.

Le restaurant était en étage. Je passai devant une rangée de plantes vertes. Le maître d'hôtel me conduisit à une table un peu en retrait. J'attendis Bébé en buvant un kir au vin de Cahors et en espionnant les convives à la lueur des photophores. Il s'écoula plusieurs minutes avant que le serveur ne me présentât la carte. J'entendis une femme raconter au moustachu qui était en face d'elle :

– Et alors le type se tourne vers moi et dit : Vous a-t-on prévenue qu'il faudra vous déshabiller ?

Bébé arriva sans se faire remarquer. Son visage était toujours différent. Elle s'était fait un petit chignon très strict qui lui donnait plus que son âge. J'étudiais les desserts à commander en début de repas.

– Choisissez pour moi, dit-elle en m'embrassant.

Elle s'assit et tendit sa veste au garçon qui avait approché sa chaise.

– Servez-nous vite, s'il vous plaît. Je meurs littéralement de faim. Et apportez-moi un Lillet.

Elle passa un doigt sur son sourcil, but dans mon verre.

– Qu'est-ce que c'est ?

Je le lui dis.

– Je voulais vous demander : comment se fait-il que vous aimiez autant les restaurants ?

– Il y a une raison très simple, dis-je. Ma mère n'a jamais su faire la cuisine. A part la mousse au chocolat, elle ratait toutes ses recettes.

– Ma mère a d'autres défauts. Elle est, comment dire, assez particulière. Nous habitions dans le seizième arrondissement, au-dessus d'une confiserie. Aujourd'hui, elle vit seule place des Etats-Unis dans un gigantesque appartement où elle ne se nourrit que de yaourts liquides et de bière. Dans l'annuaire, il y a trois numéros différents à son nom. Elle passe ses journées à refaire son testament. Je ne m'inquiète pas pour elle : ses multiples divorces l'ont maintenue en parfaite santé. Ma mère a été la première personne à Paris à posséder une lampe Tizio. Elle était très fière de ça.

Je replongeai dans la carte. Bébé disait n'importe quoi. Elle lançait des phrases sur la nappe. Je ne tardai pas à comprendre qu'elle entretenait des rapports compliqués avec sa mère. D'après les maigres renseignements que j'avais pu recueillir, celle-ci avait essayé de se suicider le jour où le père de Bébé l'avait quittée (deux très fines cicatrices au poignet). Elle avait été beaucoup plus facile à consoler quand elle avait appris la disparition de ce dernier dans un accident d'avion. Aucun de ses remariages n'avait duré.

– Huîtres chaudes, ça vous va ?

Bébé fit une petite moue.

– Vous me faites confiance ou pas ?

Pendant ce temps, le maître d'hôtel ne mouftait pas. Ces gars-là ont l'habitude.

– Bon, bon, je ne dis rien.

– Et ensuite, risotto aux truffes.

– Bon choix, monsieur, dit le maître d'hôtel en récupérant la carte.

Je goûtai le vin. J'eus ce petit hochement de

tête idiot qu'ont tous les hommes dans ce genre de situation.

Le sommelier servit Bébé.

– A vous l'honneur, lui dis-je.

Elle porta la fourchette à sa bouche et poussa un gémissement de béatitude. Je contemplai avec ravissement cette petite fille en train de manger. Le risotto était superbe. Bébé me dit qu'elle n'avait encore jamais goûté de truffes blanches. Elle se resservit et ne laissa rien dans son assiette. Cela faisait plaisir à voir. Ses joues avaient pris une agréable couleur rose. Ses yeux s'agrandissaient. Elle les avait juste soulignés d'un trait de charbon. Son cou n'en finissait pas. C'était la coiffure qui créait cet effet. Ce soir-là, il y avait chez elle quelque chose d'un cygne. Elle se tenait très droite sur son siège. Sa beauté classique inspirait le respect.

Elle alluma une cigarette et souffla la fumée dans ma direction. Elle dit :

– Demain, j'arrête de fumer.

Je dis :

– Pour vous, je dois être un sacré péquenot.

Je me sentis rougir. J'avalai une trop grande gorgée de café et me brûlai le palais.

– Voilà ce qui s'appelle un dîner, dit-elle une fois dehors.

Je mis plusieurs secondes à trouver la marche arrière. La vieille Coccinelle démarra avec le bruit si caractéristique de son moteur à refroidissement par air. Place des Ternes, il y avait un fleuriste ouvert. Bébé voulut des tournesols.

– Vous voulez que nous allions danser quelque part ?

– Pas ce soir.

Sur notre première nuit, je garderai le silence total.

– Qu'est-ce que vous faites dans mon lit ? dit-elle le lendemain matin.

Elle prenait toute la place et dormait en diagonale. Des lueurs d'aube éclairaient les persiennes. Bébé se leva et me fit cadeau d'un petit sourire. Elle se dirigea vers la salle de bains. J'entendis des bruits d'eau. Elle ressortit tout habillée. Je remis mes vêtements de la veille.

– Il faut que je parte. Mais restez, vous. Vous

n'aurez qu'à tirer la porte derrière vous. Les cambrioleurs ne vont pas revenir tout de suite.

Je suis resté chez elle. J'ai mis des disques qu'elle avait rapportés de Londres. J'ai mangé du chocolat. Des lettres traînaient sur la table basse. Je ne les ai pas lues. Peut-être que j'aurais dû. J'aurais appris des choses sur la petite Française, des petits secrets. Je me suis endormi sur le canapé. J'ai été réveillé par le bruit des clés dans la serrure. J'avais l'air fin, en chaussettes, tout chiffonné. Bébé m'a embrassé, est allée déposer des paquets dans la cuisine. Elle a versé des cacahuètes dans des raviers, vidé le bac à glaçons dans un seau, coupé des tranches de saucisson fines comme des diapositives. Elle pensait à tout. Elle a écouté les messages sur son répondeur. J'ai enfilé mes boots et rejoint Bébé dans la cuisine. Elle était agenouillée devant le réfrigérateur ouvert. Elle remplissait de citrons le bac à légumes.

– J'ai envie de vous faire des cadeaux. J'ai envie que vous soyez heureux.

– Mais, je suis heureux.

Je n'avais jamais prononcé de phrases comme ça.

La nuit suivante, je dormis aussi chez Bébé. En gros, je ne passais plus à mon appartement que pour prendre des affaires de rechange. Ça n'était que deux étages à monter.

La première fois que je lui montrai *Le Mépris*, la petite Française admira la bande originale. La deuxième, elle demanda dans quelle île se trouvait cette étonnante maison peinte en vermillon. Elle jura de passer ses prochaines vacances à Capri.

Elle voulut tout le temps revoir *Le Mépris*. Nous commencions à être d'accord sur tout.

Il y avait des soirs où je restais chez moi. Je me retenais de monter.

– Vous avez eu beaucoup d'hommes avant moi ?

– Attendez. Il faudrait que j'aie une calculette.

Son rire fut un peu artificiel.

– Vous dites des bêtises.

– Il m'arrive d'être bête de temps en temps. Vous devriez essayer. C'est fou le bien que ça fait.

Chez Maxim's, on entendait remuer des assiettes, tinter les couverts. Une lumière blafarde tombait sur les têtes : les projecteurs de la télévision. Un joaillier finançait la soirée. Les femmes étaient fatiguées. Toutes plus ou moins divorcées. La quarantaine, collants noirs et escarpins. Sous les liftings, on reconnaissait quelques visages. Toujours les mêmes. Profils de murènes. Pas mal de demi-veuves, comme il y a des demi-vierges. A intervalles réguliers, des rires d'idiotes. Les pleurs ne sont pas leur registre. A force, elles ont oublié comment on fait. Désœuvrées par vocation. Deux ou trois beaux félidés pas encore *fichés*. Elles venaient de plaquer ou étaient sur le point de l'être. Bribes de lamentos. Il faudrait qu'on se voie. Le rouge à lèvres laissait des demi-cercles sur les verres. Elles habitaient des maisons où il y avait des chambres et des livres, quelquefois un mari qui était classé au tennis. Deux jumelles décolorées faisaient leur effet. Tout le monde savait qu'elles avaient eu le même amant. Les années se succédèrent sur les étiquettes. Assiettes de lapin marengo. Le vacherin était passable. Qu'est-ce que nous pouvons faire pour les SDF ?

Les hommes se mirent à rire. Ces vieux farceurs. Sommes-nous tellement odieux ? Les cernes bleuissaient sous les yeux. Le serveur renversa un plateau. Le champagne ne tache pas. Je vous enverrai la note du teinturier. Au fromage, je n'y tins plus ; j'allais téléphoner à Bébé. Ça n'allait plus du tout. Que faisait un homme amoureux au milieu de tout ça ?

Ensuite, impossible de trouver un taxi. Ma Coccinelle était au garage : la vidange. J'en ai eu assez de lever le bras et je suis parti à pied vers les Halles. D'une boîte, j'ai rappelé Bébé. Est-ce qu'elle voulait me rejoindre ou est-ce qu'elle préférait que je vienne chez elle ? Deuxième solution. Boulevard de Sébastopol, un G 7 pila devant moi. Nous gagnâmes la rive gauche. Je fis signe au chauffeur que c'était là. Elle m'attendait. Nous nous glissâmes dans le lit. Une minute après, nous nous trouvâmes.

Le lendemain, la pluie tomba. Paris devint un paysage sous-marin. Bébé s'habilla la première. Son long manteau était bleu comme la nuit. Elle partit tôt. Elle avait des choses à faire. Je n'ai jamais su au juste lesquelles. Elle était ravie. Sa mère l'avait invitée à déjeuner chez Ladurée. La petite Française raffolait des frites de chez Ladurée. Des frites et des macarons.

– Il faudrait que vous rencontriez ma mère. Ça vous amuserait. Je vous jure, c'est sûrement instructif de rencontrer quelqu'un comme elle.

Elle aspira l'intérieur de ses joues et me tendit un trousseau de clés.

– Gardez-les. On ne sait pas, hein !

Elle noua la ceinture de son manteau.

– Bon, j'y vais.

J'entendis claquer la porte d'entrée. Je me suis un peu rendormi. Vers dix heures, la sonnerie du téléphone m'a réveillé. Je n'ai pas osé décrocher. Le répondeur était débranché. Le soir, Bébé me dit que c'était elle, que sa mère avait décommandé le rendez-vous et qu'elle était libre pour déjeuner. Quel con !

Elle alla chez le coiffeur. C'était le milieu de l'après-midi. J'ouvris la fenêtre. La cour sentait l'automne, la terre mouillée. Je n'avais pas très envie de travailler. Un acteur de westerns américain venait de mourir. Je dictai sa nécrologie au téléphone. Un chien aboya, dans les étages. Des pigeons s'étaient posés dans la cour. Au bout d'un moment, on remarquait leur glougloutement.

Je montai chez la petite Française. Je frappai doucement à sa porte. On lui avait coupé les cheveux de deux-trois centimètres. Elle fit du thé. Elle savait faire le thé, en ébouillantant d'abord la théière.

– Vous en voulez ?

Je regardai l'heure. Je dis oui. Je me fichais de ne pas dormir. Elle me suggéra de m'installer complètement chez elle. La télévision diffusait une laborieuse adaptation de *Madame Bovary*. Au bout de vingt minutes, j'éteignis le poste.

– Ça ne vous ennuie pas ?

– De toute façon, moi, Balzac...

– Evitez de redire ça en public.

Je ris, et elle aussi. Le jour tombait. Je la regardai sortir du bain, enfiler un peignoir blanc en nid-d'abeilles. Ses petits gestes. Tous ces rubans qu'elle s'attachait dans les cheveux. Elle toussait. Elle fumait trop. Elle me passait un doigt sur les lèvres, pour me faire taire, avant de m'embrasser. Elle m'embrassait souvent.

Je lui dis que j'aimais autant *Le Mépris* que *Voyage en Italie*. Nous avons regardé les deux films à la file. Capri en couleurs, puis en noir et blanc. Je lui expliquai que la mère de Godard s'était tuée dans un accident d'auto, comme Bardot à la fin du film.

Je ne l'ai plus revue pendant des semaines. La petite Française commençait à m'emmerder. Pour qui se prenait-elle, avec ses grands yeux, ses cheveux ramenés en arrière ? Qui était-elle ? Que savais-je de Bébé ? Petite fille stupide. Sans cesse en train de téléphoner. Sa fréquentation me montait à la tête.

En fait, la présence de Bébé m'était devenue très vite indispensable. Sans elle, je ne savais pas quoi faire. Je me souviens de ces premiers mois comme de vacances perpétuelles. Il n'y en avait plus que pour elle. J'aurais voulu avoir le même âge qu'elle, effacer ces années idiotes, inutiles, qui nous séparaient. Pendant tout ce temps, je n'avais rien appris qu'elle ne sût déjà. Où était-elle ? Où allait-elle ? Elle tenait la réalité à distance. J'aurais voulu revenir à cette époque lointaine où j'avais eu vingt ans, quand il y avait des étés interminables et que des rêves de perfection me tyrannisaient.

Je calculai. Elle avait neuf ans à la mort d'Elvis Presley. Elle venait à peine de naître quand de Gaulle avait quitté le pouvoir. Elle avait eu la chance de ne pas connaître Mai 68. Moi, j'étais né sous la quatrième République.

Elle a dix ans de moins que moi. Elle n'a jamais vu *Orange mécanique*. Elle ne sait même pas qui est Malcolm McDowell, ne fait aucune différence entre les Beatles et les Rolling Stones. J'adore ça.

J'ai honte de tout ce qui s'est passé avant elle. Un jour, elle va me quitter, forcément. Elle aura Paris à ses pieds, le monde à ses trousses.

Bébé au téléphone. Elle était allée à Cannes avec sa mère. De quoi me mêlais-je ? Elle me dit de la rejoindre à cette soirée, place du Brésil. Il y aurait des gens amusants. C'est ça.

Plus d'un mois s'était écoulé depuis son retour à Paris et je ne l'avais pas croisée une seule fois. Bébé était une énigme.

A l'entrée, un extra obligeait les invités à vider deux verres de vodka cul sec. Après ça, l'ambiance allait de soi. Dans le couloir, les hommes discutaient par deux. Les femmes s'adossaient à la cloison. Elles étaient douces et agréables comme les femmes à Paris savent l'être après neuf heures du soir. Quelques bijoux. De la musique provenait du salon. Je m'arrêtai un instant sur le seuil. Chaque visage en entrant luttait pour dissimuler son dépit à la vue des autres visages. Toujours pareil. Sourires à la con. Petit Paris.

Bébé était la plus jeune de toutes. De loin, elle m'adressa un clin d'œil. Bébé se sentait à l'aise au milieu de tous ces hommes. J'étais sûr que la pièce regorgeait d'anciens amants à elle. Je guettais les regards équivoques, les gestes qui trahiraient une vieille complicité. Je ne voulais pas être une victime de plus sur sa liste. On me tendit un verre de champagne. Je le vidai d'un trait, ce qui était idiot. Une grande bringue blonde se recoiffait dans le miroir au-dessus de la cheminée. Les gens étaient tout le temps en train de traverser la pièce, de se diriger vers quelqu'un d'autre. Bébé sautait de groupe en groupe. Elle faisait du charme. Elle savait faire ça. Un acteur célèbre était là, veste de velours et pantalon trop étroit. Il récitait du Céline à ses voisins. Il y avait un peu de tout. Les conversations en se frottant les unes contre les autres s'allumaient comme du silex. Une dessinatrice de BD jouait avec un bilboquet ancien. Elle était exagérément enceinte. On lui conseilla de s'asseoir. Je me posai sur l'accoudoir d'un canapé. Une Américaine rousse cherchait une adresse pour se faire faire des UV. Elle fit aussi l'éloge d'un yogi qui lui dispensait son enseignement à Denver, Colorado. Elle avait une peau malsaine, jaune et translucide comme un savon de Marseille. Son rouge à lèvres était un peu trop rouge. L'Amérique. Elle portait une robe courte comme en mettent les championnes de tennis. Elle tapotait sa cigarette à bout doré. La cendre tombait sur la moquette, au ralenti. J'échangeai trois phrases avec une dame aux cheveux cendrés qui avait l'air de dormir.

Il y avait cette fille aux longs pieds d'Anglaise. Pas de poitrine, mais une belle bouche. Elle avait écrit des romans. Les jeunes filles étaient toutes romancières. Des P-DG bedonnaient dans leurs fauteuils. L'hôtesse connaissait du monde. Un présentateur du 20 heures fit un saut, cravate de tricot et démarche pressée. Je l'avais interviewé une fois, mais il ne devait pas s'en souvenir. Une femme aux cheveux cendrés, coupés très court, buvait du thé. Ses yeux s'affairaient comme les aiguilles d'un compteur Geiger. Elle ne souriait à personne en particulier. Ce sourire, au lieu d'apporter de la douceur à son visage, le rendait encore plus inquiétant. Elle avait dû être très belle. Le genre dont on dit : elle a eu tous les hommes après elle.

Je m'approchai d'une étagère. Le guide Michelin dépassait de sa rangée. Je saisis le gros volume à reliure rouge et en entrepris la lecture.

– Ça ne se fait pas, je vous signale, dit Bébé qui avait le sens des usages.

Je rentrai sous terre. Le Michelin me tomba des mains. Je le ramassai et le remis en place. Bébé gloussa. Je lui pris la main. Elle la retira, puis me la rendit. C'était un jeu. Une patronne d'hebdomadaire s'exclamait :

– Ce que nous voulons, dans ce journal, ce sont des signatures !

Elle m'avait refusé un article, il y avait des années de cela. Depuis, elle faisait toujours semblant de ne pas me voir.

Les robes des femmes chahutaient le noir que portaient les hommes. C'était la foule des grands jours, bavarde et agitée. Dans le tas, je récapitulai un banquier suisse, un comte, une poétesse, un patron de restaurant, un général en civil, un ancien chanteur yé-yé, un couturier italien. Deux divorcées s'embrassèrent :

– Comment trouvez-vous ma robe ?

– Je la trouve, *mais* adorable.

Il régnait cette gaieté factice que connaissent tous les Parisiens pourvu qu'ils sortent un peu le soir. Le speaker prétendait que tout se valait. Il affichait une maîtresse flambant neuve. L'acteur avait compté le nombre de bougies qu'il y a dans *La Chambre verte*. La blonde boudait, comme souvent les blondes. J'observais les femmes, leurs longs bras nus. Il fut question d'un écrivain américain. Quelqu'un dit :

– Il n'est pas mort ? Je croyais qu'il était mort.

J'entendis une nouvelle arrivante crier :

– Vous n'y pensez pas. Dites-moi que je rêve !

On m'offrait des cocktails. Je disais oui à tout. Un sourire niais se forma immédiatement sur mes lèvres. Une critique littéraire fonça sur moi. Je ne sais plus comment, la discussion se mit à porter sur une dame qui avait eu le prix Médicis l'hiver précédent.

– Tiens, comment va-t-elle ? Toujours aussi bête ? Vous savez que ça n'est pas elle qui écrit ses livres ?

Je savais cela. Je savais aussi que cette Cathe rine Wolff avait laissé mourir son premier mari, qu'elle en était à sa deuxième fausse couche. A une époque, je m'étais intéressé à tout cela. C'était fini. Je ne pensais plus qu'à moi. Le vieux garçon que j'étais en train de devenir.

La voix de Patti Smith s'échappait des baffles. Il y avait des moelleux au chocolat. Je me levai en froissant de vagues excuses.

– On ne danse pas ?

Revoilà Bébé. Elle me barrait le passage.

– Qu'est-ce que vous devenez ? C'est très vilain de ne pas donner de ses nouvelles. Qu'est-ce que je ferais sans vous, moi, si on me cambriolait à nouveau ?

Elle porta une cigarette à sa bouche et souffla la fumée par les narines. Cela fit deux jets presque parallèles.

– Vous me méprisez, n'est-ce pas ?

– Non.

– Alors, vous les méprisez, eux. Ce sont mes amis.

– J'en ai de pires.

Un type en costume rayé ne savait pas quoi faire de son parapluie. Bébé s'empara de l'instrument et alla le ranger dans la cuisine. Elle avait l'air de fuir un garçon avec un début de calvitie qui était quelque chose au ministère du Budget. Il avait une main incroyablement molle, comme un gant vide. Il riait comme un petit cinglé. C'était un personnage rébarbatif. Il ne parlait que de lui. Il avait le numéro privé de Jack Nicholson. La petite Française dansait au milieu du salon. Elle dansait lentement, les bras en l'air, comme si elle essayait d'attraper le passé.

Ou la vérité, on ne savait pas.

La rousse demanda s'il n'y avait pas autre chose que ce champagne. On lui apporta un jus d'orange.

Je m'enfuis sans dire au revoir à personne. Bébé ne me vit pas partir. J'avais soudain envie de tout avec elle, de l'embrasser, de la serrer contre moi, de l'épouser. Je ne voulais plus que l'amour soit un match, même si je savais que, de toute façon, il y aurait un perdant. Bébé, répétais-je dans l'escalier. Bébé Bébé.

Je sortis de l'immeuble. En se refermant derrière moi, la porte cochère ne fit pas un bruit. Je n'avais pas sommeil. J'eus l'impression que je n'aurais plus jamais sommeil. La pluie avait cessé. L'air était tiède. Dans le ciel, les étoiles ne s'éteignaient pas. Boulevard Malesherbes, j'entrai dans un bar encore ouvert. Je ne savais pas quoi commander.

– Un demi, dis-je sans réfléchir au patron accoudé à ses manettes.

Quand j'étais plus jeune, mes amis et moi ne buvions que de la bière. Nous nous donnions un genre. La mousse glissait le long des parois du verre. Je le vidai à longues gorgées. Je le reposai sur le comptoir. Je m'aperçus dans un miroir. Les épaules s'élargissaient. Le nez se busquait. La jeunesse ne durerait plus très longtemps. Je ressemblais de plus en plus à mon père.

– La même chose ? dit le serveur.

Je fis non de la tête. Les néons brillaient dans les glaces. Les rares clients s'ennuyaient. Personne ne parlait. Je fus soudain frappé par l'ennui qui régnait partout. Je faillis réclamer un jeton, appeler le répondeur de Bébé, lui dire des sottises. Au lieu de ça, je rentrai à pied par les avenues qui partent de l'Etoile. Plusieurs fois, des putes m'accostèrent. Je restai sourd à leurs propositions détaillées.

Rue de Bellechasse, les fenêtres de Bébé étaient éteintes. Elle n'était pas rentrée. J'écoutai les messages. Rien de bien urgent. J'étais amoureux et je n'arrivais pas à dormir. J'enfonçai la cassette du *Mépris* dans le magnétoscope.

Il y eut vers cette époque un dimanche où Bébé m'emmena déjeuner chez sa mère. Ce fut la première et la dernière fois. Elle ne savait pas ce qu'il y aurait au menu, mais en tout cas ça ne serait pas des plats de régime. Comme la Volkswagen était à la fourrière, nous avons pris le métro. Nous n'avions pas de tickets. Des Américains faisaient la queue au guichet, ce qui nous autorisa à enjamber les tourniquets. Je n'avais pas fait ça depuis au moins une éternité. Bébé s'amusa à compter les femmes voilées dans le wagon. Un ruban rouge retenait ses cheveux. L'escalier mécanique nous déposa sur une place du seizième arrondissement. Sur les conseils de Bébé, j'achetai un genre d'anémones, des Monna-Lisa je crois. Il y avait une fontaine au milieu de la place. Le vent déviait le jet d'eau qui avait trempé le sol, tout autour. Des pigeons s'envolèrent par dizaines des platanes et obscurcirent le ciel un instant. Ils allèrent se poser un peu plus loin. La pluie tomba tout d'un coup. Il fallut courir. Nous avons traversé l'avenue sans regarder. Un taxi freina en klaxonnant. Cela laissa de la gomme sur la chaussée. Bébé se retourna et adressa au type un sourire éclatant. Il redémarra en hochant la tête.

Bébé pianota sur les chiffres du clavier. Le code avait changé. Elle n'avait pas le nouveau. Nous allâmes téléphoner depuis un café où des concierges portugais pariaient au tiercé. Le carrelage était couvert de coupons de PMU. Cela sentait le tabac froid.

C'était au cinquième. Le vieil ascenseur avait un grillage à croisillons. Il brinquebalait. Les boiseries avaient été passées à l'encaustique.

– Ne lui dites pas que je fume. Elle croit que je ne fume pas.

– N'ayez pas peur. Ça va aller.

– Je n'ai jamais été aussi énervée de toute ma vie.

La porte s'ouvrit avant que nous ayons eu le temps de sonner. Je reconnus la femme aux cheveux cendrés que j'avais vue à la soirée place du Brésil. Le bouquet eut l'air de plaire. Elle appelait sa fille par son vrai prénom. Dans le salon, des canapés se faisaient face. Sur une table basse, les journaux anglais avec leurs innombrables suppléments du week-end. Des bûches flambaient dans la cheminée. Pas de télévision. Les murs étaient cachés par une bibliothèque dont la moitié des ouvrages concernaient la voile et la chasse. Quelques romans historiques. Visiblement, son ex-mari avait laissé ses livres en partant.

– Mais asseyez-vous donc ! Pourquoi sommes-nous tous debout ?

La mère de Bébé s'accroupit devant un buffet, chercha un vase pour les fleurs. Elle portait une jupe de tweed et un cardigan en shetland. Elle avait un profil de cuirassé, un regard d'un bleu terrible. Elle disparut dans un couloir. Nous entendîmes de l'eau couler. Bébé leva les yeux au plafond. Les secondes passèrent. L'eau cessa de couler. Sa mère revint avec le vase qu'elle posa sur un guéridon en arrangeant la disposition des fleurs. Bébé poussa un petit soupir excédé.

– Oh toi, ne commence pas, dit sa mère.

Elle se tourna vers moi :

– Vous avez la patience de la supporter ?

– Maman ! fit Bébé.

– Ecoutez, dit sa mère en levant un doigt, je suis toujours étonnée qu'il y ait du silence à Paris.

Elle retapa les coussins du canapé et c'était comme si elle avait donné une fessée exaspérée et attendrie à chacun de ses enfants. Exceptionnellement, la mère de Bébé avait préparé un pot-au-feu. Nous avons déjeuné dans la cuisine, sur une longue table en chêne. La fenêtre ouvrait sur une cour plantée d'arbres. On voyait le haut des branches. Un téléviseur japonais était fixé au mur, comme dans les chambres de clinique.

Bébé était toute timide, empruntée, devant

sa mère. Elle redevenait petite fille. Cette gaucherie avait son charme. Je n'étais pas très à l'aise. Je n'ai jamais été à l'aise avec les parents des autres. C'est une habitude qui m'est restée de mon adolescence. La mère de Bébé me tendit la moutarde en grains.

– Vous ressemblez à quelqu'un dans un film étranger, me dit-elle.

– Qui ça ?

– J'ai oublié le titre du film et le nom de l'acteur, mais vous ne connaissez que lui. Vous vous rendez compte, nous voilà bien.

Le sel venait de Guérande. L'eau minérale était écossaise. On ne se fichait pas du monde. Bébé restait immobile, sur ses gardes. Sa mère parlait de choses et d'autres, des tables de restaurant qui envahissaient de plus en plus les trottoirs malgré la pollution, des pantalons à pattes d'éléphant qui revenaient à la mode, du Racing dont elle était membre, de Boston en hiver, d'avril à Paris, de Beverly Hills où chaque rue est plantée d'arbres différents. Elle était curieuse de tout. Elle aimait tout, reprenait du gâteau au chocolat, comparait le saint-julien et le pomerol. Elle ne disait pas de mal des gens.

Ça fait rêver, quand on y pense. Je me suis dit que ç'aurait été le bon moment pour demander la main de Bébé.

– Du café ?

– Je veux bien. Sauf si c'est de l'instantané.

– Pour qui me prenez-vous ?

Pour dire au revoir, je lui tendis la main. Elle la saisit dans les deux siennes, comme font les hommes politiques lorsqu'ils sont en campagne.

– C'est bien. Vous n'avez pas les mains moites. Je ne laisserai jamais ma fille à quelqu'un qui a les mains moites.

Bébé avait remis son manteau.

– Maman !

– C'est à peine croyable, me dit Bébé dans le taxi. On aurait dit que vous étiez les plus vieux amis du monde. C'est bien simple, je n'existais plus. Ma mère, vraiment !

Bon bon bon bon bon.

Le taxi se laissa couler le long des Champs-Elysées. Par la vitre arrière, je lançai un regard mélancolique à l'ancien immeuble de *Paris-Match*. Toute la presse s'installait en banlieue.

Bientôt, ce serait le tour de mon journal. Il serait toujours temps de démissionner, de passer à autre chose.

Les brunes passent pour avoir mauvais caractère. Réputation surfaite. Bébé ne fit pas la tête très longtemps. Elle alluma une cigarette. Trois heures qu'elle attendait ça. Elle disparaissait derrière un nuage de fumée bleue. Elle sourit.

– Ça ne vous dérange pas, monsieur ?

Je la regardai. Son sourire durait encore.

– Si vous m'emmeniez à la fête des Tuileries, pour vous faire pardonner ?

– Chauffeur, vous avez entendu ?

Nous nous fîmes tremper dans une sorte de toboggan aquatique. Bébé eut peur de monter dans le train fantôme. Elle croqua dans une pomme d'amour. Le caramel rouge se cassait sous ses dents. Elle en avait partout. J'ai proposé de prendre un taxi, mais elle avait envie de marcher. Elle s'est attardée devant la vitrine des Laines-Ecossaises. Nous avons descendu la rue des Saints-Pères vers la Seine. Bébé entra dans la galerie où sa mère avait organisé une exposition. Bébé n'était pas allée au vernissage. Toujours leurs chamailleries.

Le propriétaire la reconnut. Il fit des ronds de jambe. Les toiles étaient, disons, spéciales. Que des gisants, des crânes enveloppés dans des linges.

Nous sommes rentrés chez elle à pied. Bébé a défait son blouson. Ses doigts étaient longs, décidés. A nouveau, je me suis retrouvé dans sa chambre. Je ne reconnaissais plus rien. Je n'en revenais pas. Je jouais à compter ses vertèbres. Je m'arrêtais toujours avant la fin, à six ou sept. Une fois, une seule, je suis allé jusqu'à dix.

CETTE année-là, il n'y eut pas de demi-saison. Un jour, sans prévenir, il se mit à faire froid et on entra tout de suite dans l'hiver.

Je ne regardais plus les femmes. Paris était pourtant la ville où il y avait le plus de jolies femmes. Mais Paris était devenue la ville où habitait Bébé. Je me mis en tête de répertorier ses faits et gestes. Elle me montra comment tenir des baguettes dans les restaurants chinois. Je l'emmenai à une réception à l'Académie française. Il fallait applaudir à la fin des discours. Une après-midi, elle refusa de parler de son père. Sur sa mère, en revanche, on ne l'arrêtait plus. Bébé lui téléphonait plusieurs fois par jour. Il n'était pas rare que sa mère lui raccroche au nez.

Elle n'écoutait pas les autres. Elle n'écoutait

rien. Bébé me fit jurer de ne jamais la tutoyer. Elle avait des yeux marron, des yeux créés pour contempler la neige du haut d'un télésiège. Elle n'était fidèle à aucun parfum. Elle les achetait au hasard, en duty-free, dans les boutiques d'aéroport. Elle essayait des robes, voulait à tout prix m'entraîner au musée d'Orsay. Elle était à l'aise dans son siècle. J'admirais cela.

Cinq minutes. Je lui donne encore cinq minutes. Naturellement, elle était en retard. J'allais lui apprendre un peu la vie. Elle se jeta sur le siège à côté du mien en soufflant comme un phoque.

– Pardon, mais c'est la saison des soldes.

– Alors, vous devez être très occupée.

Où avait-elle déniché ce pantalon taille basse ? Elle se mit à tousser, le poing serré devant sa bouche. Elle toussait beaucoup pour une fille de son âge.

– Vous êtes garé où ?

Je fis un geste vague en direction de la rue Jacob.

– Comment était le film ?

– Horrible.

– Donc, j'ai bien fait de ne pas vous accompagner. J'ai envie d'un couscous.

L'idée en valait une autre.

– Dites, fit Bébé. C'est tout ce que vous laissez comme pourboire ? On ne pourra jamais plus revenir dans ce café.

Elle chiffonna un billet dans une soucoupe. Bébé riait. Ses yeux brillaient. Huit ans. Elle avait huit ans. Je me sentais empoté.

Le patron du marocain acceptait les Ticket-Restaurant. J'écoulai tous ceux que je n'avais pas utilisés ces derniers mois dans les endroits où j'allais. Au centre de la salle, il y avait une fontaine où les clients jetaient des pièces dorées. C'était elle qui avait choisi. C'était un restaurant où son père l'emmenait le dimanche, après le divorce.

– Mes parents avaient chacun leurs adresses, jamais les mêmes, surtout pas. Ils avaient trop peur de se croiser. Ma mère préférait les libanais. Après, il y a eu la pâtisserie japonaise de la rue Saint-Florentin. J'avais horreur de ces gâteaux aux haricots rouges, mais je ne pouvais rien dire.

J'aimais bien quand elle parlait d'elle, de ses parents. Elle buvait de longues gorgées d'eau gazeuse.

– Chez Goldenberg, mon père réclamait toujours de la Châteldon, parce que c'était l'eau du maréchal Pétain. C'était le genre de truc qui rendait ma mère positivement folle. Ça ne la faisait pas rire du tout.

On nous apporta du thé à la menthe dans de petits verres dorés.

– Vous n'avez pas fait d'études ?

– Pensez-vous ! Après le baccalauréat, ma mère m'a interdit de m'inscrire en faculté. « Ne compte pas sur moi pour te voir traîner dans les cafés », telle était sa rengaine.

– Même Sciences-Po ? Je vous verrais très bien à Sciences-Po. En première année, je précise.

– Sciences-Po ? Il ne manquerait plus que ça ! Résultat : je n'ai rien fait, ce qui s'appelle rien.

Je la regardais. Elle me plaisait toujours autant. J'avais envie de la kidnapper, de m'enfermer avec elle dans une maison vide, un hôtel inconnu. Il y aurait, dans l'air de la nuit, cette longue route s'éloignant de Paris. Les étoiles s'enfuiraient.

Il y a à chaque génération une femme ou deux qui règnent sur la ville. Je sentais que Bébé serait de celles-là.

Elle tripotait sa boucle d'oreille, celle de gauche.

– Quand je suis née, il neigeait. C'était le mois de janvier. J'ai été conçue aux chutes du Niagara pendant le voyage de noces de mes parents. J'ai grandi plaine Monceau. Un jour, je me suis aperçue que nous vivions au-dessus de nos moyens. J'ai cueilli des mûres à l'île de Ré. Je fume depuis que j'ai treize ans. Ma mère ne le sait toujours pas. Depuis qu'elle a arrêté, elle ne supporte pas que les autres fument. C'est comme pour le soleil. Avant, chaque été, elle était noire, elle passait ses journées à bronzer. Et puis elle a lu un article sur le cancer de la peau. Du coup, elle est blanche à longueur d'année. Voici le seul conseil que m'ait donné ma mère : quand tu es au bord des larmes, si tu ne sais pas t'arrêter à temps, c'est eux qui pleureront.

– Et votre père ?

– Mon père, on verra ça plus tard. On y va ?

– Ma voiture va encore être à la fourrière, dit Edouard en sortant du restaurant.

Il s'arrêta au bord du trottoir, interrogeant les façades de la rue du Cherche-Midi, et alluma un cigare. En face, la boutique de livres anciens était fermée. Edouard boutonna son duffle-coat et traversa. Il colla son nez à la vitrine. Il y avait de vieux Baedecker en édition originale à couverture rouge.

J'aperçus un taxi. Il était libre. Je saluai Edouard, le remerciai pour le déjeuner.

– Quand est-ce qu'on va chez Castel ? dit-il.

– Je ne sors plus.

– On dit ça. Tu vas au journal ?

– Ouaip ! Place de la République, indiquai-je au chauffeur. Et ne passez pas par la rue du Bac, s'il vous plaît.

– Vous portez souvent des blue-jeans ?

– Pourquoi ? Vous n'aimez pas ça ?

– Je trouve que ça fait polonais, surtout quand ils sont en train de se délaver.

Dans sa bibliothèque, il y avait un peu de tout. Des recettes de cuisine, des biographies, des ouvrages sur la pêche. *Les Palmiers sauvages* en édition américaine. Presque pas de romans français. Maintenant, je connaissais plus de gens qui écrivaient des romans que de gens qui en lisaient.

– Bravo, fis-je.

– Quoi ?

– Je n'ai jamais pu lire Faulkner en entier.

– Vous avez tort. Faulkner est un des meilleurs paroliers de l'histoire du rock.

Elle avait soudain le sérieux d'une élève de CM 2. Elle aspira l'intérieur de ses joues.

– C'est bizarre. J'ai envie de frites et d'œufs durs. Je ne serais pas enceinte, moi ?

Je ne posai pas de questions. Je la trouvais inhabituellement belle. Je sentais que Bébé pouvait devenir une délicieuse catastrophe. Je l'aimais. J'aimais la voir, regarder ses vêtements. Elle portait des bottines à lacets et des pantalons cigarette, une chemise à poignets mousquetaire. Est-ce qu'elle allait mourir avant moi ? Je voulais mourir le premier.

Le soir venait. Dehors, la rue brillait de ses carrosseries et de ses lampadaires jaunes.

– Qu'est-ce qu'on peut faire ?

– Je ne sais pas. Mettre un film ?

Je la regardais dormir. J'avais un peu peur de la réveiller. Sa bouche était entrouverte, ses pommettes plus rouges que d'habitude. Avec d'infinies précautions, je soulevai une paupière entre deux doigts. Son œil me fixait. Est-ce qu'elle me voyait ? Mais non, elle dormait. J'étais sûr qu'elle dormait. Tout doucement, je m'allongeai à côté d'elle. Le matelas s'enfonça sous mon poids. Elle remua. Ce n'était rien. Elle avala sa salive. Puis sa respiration se fit à nouveau régulière. Je passai la nuit comme ça, étendu sans bouger, tout habillé. Je crois bien que je n'ai pas fermé les yeux une seule fois.

Finalement, je préfère les brunes.

Je vois déjà le jour filtrer à travers les fentes des persiennes. Il n'y a pas de rideaux. Je suis chez elle. C'est un dimanche matin. Nous prendrons le petit déjeuner vers midi. Après, nous ferons sans doute quelque chose d'amusant.

Elle voulut aller au bois de Boulogne. L'eau du lac avait une couleur déplaisante. Il en montait une odeur puissante, indéfinissable. Nous avons loué un canot. Le soleil était haut dans le ciel. Ramer me donna chaud. J'enlevai ma veste. Les tolets grinçaient à chaque mouvement. D'autres barques filaient autour de nous. On voyait bien que tout ce monde n'avait pas l'habitude de la navigation. Les bateaux se déplaçaient en zigzags incertains. Bébé était assise à l'arrière, légèrement penchée sur le côté. J'attendais qu'elle laisse tremper ses doigts dans l'eau. Il ne fallut pas trente secondes. Elle agita sa main mouillée, ce qui projeta des gouttelettes brillantes dans l'air autour d'elle. Des canards s'enfuirent en battant des ailes, en pédalant à la surface.

– Oh, regardez, dit-elle. C'est drôle, leurs pattes ont la couleur de la mimolette, exactement.

– Les Lego jaunes sont comme ça aussi.

La brise ébouriffait ses cheveux. Elle n'avait pas son bandeau.

– Vous croyez que des gens se sont noyés, dans ce lac ?

– Je ne sais pas. Peut-être. Sûrement.

– Ça serait quelque chose si on voyait un cadavre flotter devant nous.

Je redoutai presque de heurter un corps avec la proue, de sentir le choc dans mon dos. Malgré moi, je me retournai pour vérifier. Bébé regarda à droite et à gauche, ne repéra rien de pareil, eut une moue déçue.

– On se suicide de moins en moins, vous ne trouvez pas ?

– Ce ne sont pourtant pas les moyens qui manquent, dis-je. Se noyer n'est pas le plus facile, à mon avis.

A une époque, j'avais réfléchi au suicide. Des lectures m'avaient travaillé. Cela m'avait passé. Nous contournâmes l'île. Cela faisait un petit bras. Un arbre formait une sorte de voûte. Ses branches nous obligèrent à nous baisser. Nous passâmes sous un pont. Accoudés à la balustrade, des promeneurs lançaient des miettes de pain aux cygnes.

Je rentrai les rames dans le bateau. Nous dérivâmes lentement. L'eau se ridait au moindre souffle de vent. Bébé ouvrit son sac et déplia des lunettes de soleil.

– Je ne sais pas ce que j'ai. Le soleil me brûle les yeux. Je ne vais pas devenir aveugle, au moins ?

Je m'allongeai au fond de la barque. Je crois bien que j'ai dormi un peu. Quand j'ai rouvert les yeux, j'ai entendu Bébé dire :

– Si on allait à Venise ?

– Pardon d'être si banale, mais j'adore cet endroit.

Nous étions au Harry's Bar, perchés sur les tabourets du rez-de-chaussée. Je vidai mon bellini.

Bébé bascula vers moi et me chuchota à l'oreille quelque chose qui ressemblait à un merci.

Bébé dépiautait une clémentine. Elle y mettait une concentration hors de proportion avec une activité aussi quotidienne et s'acharnait à en éliminer les filaments. Au fur et à mesure, elle lançait les épluchures dans le feu. La cheminée constituait la principale source de lumière. Nous étions seuls, enveloppés de silence. Bébé a soulevé un pied, l'a frotté de haut en bas contre l'arrière de son mollet. Je lisais un article sur un serial killer moscovite. Soudain, Bébé se leva. Elle ôta sa petite robe noire en la passant par la tête. Je la suivis dans la chambre. Le lit était à deux places.

Nous sommes restés éveillés une bonne partie de la nuit et nous avons parlé pendant des heures. Nous avons parlé de Paris et des années soixante-dix, de ce que serait l'avenir et de ce qu'il faudrait qu'il soit. D'aller manger des pâtes au basilic sur une terrasse au bord de la mer. De vivre un jour dans une île sicilienne. Nous avons parlé des premiers films de Chabrol et des petites actrices de la Nouvelle Vague dont ni elle ni moi ne nous rappelions le nom. Nous avons parlé de Steve McQueen et d'Ali McGraw, de la maison de

Faye Dunaway dans *Portrait d'une enfant déchue.*

Le matin, je me réveillai si tôt que le boulanger n'était pas encore ouvert. J'étais sorti pour rien. Quand je revins, la petite Française me gratifia d'un baiser au goût de dentifrice. Son peignoir découvrait ses jambes. C'étaient de longues jambes, des jambes vivantes, nerveuses. Elle savait comment les croiser, les décroiser, l'effet que produisaient ces mouvements. Les malléoles ressortaient nettement. Les poignets étaient bien aussi. J'aime les filles qui ont de fines attaches. Dans la cuisine, la bouilloire émit un sifflement strident. Cela interrompit cette revue de détail.

– Sucre ? dit Bébé.

– Pas aujourd'hui. Sans.

La terrasse des Deux-Magots se remplissait d'étrangers. Sur la place, les contractuelles coinçaient des PV sous les essuie-glaces. A une table, un acteur de théâtre mal rasé réclama un bloody mary d'une voix un peu trop vibrante. J'avais fini mon café. Je triturais entre mes doigts le petit carré de chocolat qui l'accompagnait.

Apparition de Bébé. Elle sortit de son taxi et regarda un peu partout autour d'elle. Elle demeura un instant au milieu de la foule qui s'activait sur le trottoir. Il y avait dans ses yeux comme une lueur de panique. Debout devant les consommateurs, un accordéoniste plaqua sur son clavier les premiers accords d'un air ancien. Je fis signe à Bébé et traversai. Je m'engageai sur la chaussée hors des clous. Une auto me frôla. Son chauffeur me menaça d'un geste du bras. Mon cœur battit plus fort. Ça n'était pas le moment de mourir. Je ne voyais pas bien la petite Française dans la peau d'une veuve.

Nous sommes allés au cinéma. Le film était français : nous sommes partis avant la fin. Bébé entra chez un fleuriste pour demander s'ils avaient des pivoines. Ça n'était pas la saison. Dans une librairie, elle feuilleta une monographie d'Andrew Wyeth tandis que j'ouvrais les romans policiers. Je lisais la première phrase. Il y en avait de bonnes. Au sous-sol du drugstore, nous prîmes *L'Equipe*, *Première* en édition américaine et une revue de décoration dans laquelle on avait photographié l'appartement de la mère de Bébé.

Nous rentrâmes par la rue du Dragon. Sous une porte cochère, il y avait une femme plus très jeune avec un parapluie. Elle avait l'air d'attendre une voiture qui n'arrivait pas. Devant le magasin de surgelés, je saisis le bras de Bébé.

– Vous savez ce qu'il y avait, là, avant ?

Elle secoua la tête.

– Un cinéma pour pédés.

– Et alors ?

– Vous ne voyez pas le symbole ? Un club gay qui devient un magasin de surgelés ? C'est toute l'époque qui est résumée là.

– Non. A propos, dites autre chose que pédés, vous voulez bien ?

Elle reprit sa marche. Le trottoir n'était pas bien large. Rue du Bac, nous nous arrêtâmes devant la poissonnerie pour examiner les tourteaux vivants.

Chez elle, Bébé poussa un cri en les voyant remuer leurs pinces. Le vin blanc était au frais.

Je plongeai les crabes dans la casserole d'eau bouillante.

– Je ne veux pas voir ça, dit la petite Française.

Elle alla prendre un bain. Je l'entendis chantonner. Après, ce fut le souffle du séchoir. J'aimais tous ces petits trucs mystérieux que font les femmes quand les portes sont fermées. La porte s'ouvrit. Bébé avait une brosse à la main.

– Comment faites-vous pour avoir les cheveux aussi brillants ?

– Les pauvres bêtes, fit-elle en contemplant les carcasses rouges dans les assiettes.

– La mayonnaise, je vous la laisse. Je n'ai jamais su la faire, dis-je.

Elle ouvrit le frigo, en sortit un œuf et le pot de moutarde sur lequel était peinte la silhouette d'Astérix.

– Restez là. Je vous montre.

Puis j'ai passé une semaine entière avec Bébé. Ce furent huit jours délicieux. Des heures remplies de précieuses minutes. Je profitai de chaque instant. Je la découvris. Je lui ai même demandé de m'épouser. Elle a ri, de son rire léger dont je ne savais que penser. J'allais un peu vite en besogne. Pour ne pas avoir l'air trop bête, je me mis à rire avec elle.

Son peignoir était trop petit pour moi. Dans la salle de bains, le savon sentait l'iris. Le tube de dentifrice était toujours mal refermé et ce détail m'émouvait. Je ne voulais pas que tous ces petits défauts finissent par devenir irritants.

Ces deux appartements étaient pratiques. Malgré leur proximité, nous continuions à nous téléphoner comme si nous habitions des quartiers différents. Nous faisions des tas de choses tous les deux. Nous allions au restaurant d'en face quand le réfrigérateur était vide ou que nous étions trop paresseux pour préparer à dîner.

Très vite, j'appris à aimer ces rituels du samedi matin. Bébé dormait encore. Je me levais sans bruit et prenais une douche. Je refermais la porte derrière moi. Boulevard Raspail, j'achetais les journaux. Chez le boulanger, je demandais quatre croissants et, en chemin, je grignotais en lisant les nouvelles de la dernière page. Au retour, Bébé était réveillée. Elle avait pressé des oranges, mis de l'eau à chauffer pour le thé. Elle se jetait sur les croissants et mettait des miettes partout. Je la regardais et je me disais : tiens, une Parisienne.

Paris, oui, nous appartenait. J'éprouve à la fois un immense bonheur et une sourde culpabilité à l'idée que tous ces musées, ces galeries, ces théâtres, ces salles de concerts sont à ma disposition et que je n'en profite jamais. Je devrais faire la queue pour admirer Picasso, applaudir des orchestres symphoniques, avoir un abonnement à la Comédie-Française. Je ne fais rien de tout cela. Je vais au cinéma et au restaurant. De temps en temps, il m'arrive de lire des livres. Ça n'est pas une excuse.

L'avion décolla et je repensai à la petite Française. A la suite d'une erreur de l'agence, je m'étais retrouvé en première. Elle aurait dû voir ça ! Au menu : homard, foie gras et grands crus classés. Je bus du champagne en visionnant un film de Mel Gibson sur un écran à cristaux liquides. Au milieu du vol, je glissai ma carte de crédit dans le téléphone coincé sous l'accoudoir et appelai Bébé.

– Je vous téléphone parce que l'avion est en train de s'écraser.

– Ne plaisantez pas avec ça.

Un quart d'heure après, je raccrochai. Je me tournai vers la gauche et fixai les petites étoiles de givre qui piquetaient le hublot.

A la douane, je voulus doubler tout le monde. Une Noire de cent kilos en uniforme me rappela sévèrement à l'ordre. Je restai planté derrière la ligne peinte sur le sol.

Le taxi jaune dévalait la 5e Avenue en rebondissant dans les nids-de-poule. Les vitres étaient toutes poisseuses comme si un chien avait passé sa vie à les lécher. Le chauffeur me parla en français. Il était haïtien. L'hôtel était dans la 44e Rue, en face de l'Algonquin. Bébé était allée avec son père à l'Algonquin. Elle m'avait raconté ça au cours de notre conversation téléphonique aérienne. Mais peut-être que ça n'était pas du tout avec son père qu'elle avait fait tout ça. Il y avait sûrement des types, d'odieux types qui avaient profité d'elle, qui l'avaient emmenée partout, lui avaient promis monts et merveilles. Je ne voulus plus y penser. Je ne savais rien de ses amours passées. Je préférais ne pas m'étendre sur les miennes. Elle connaissait sans doute des gens. J'ai souvent songé que je ne la méritais pas.

Un échalas en costume sombre (Armani ?) ouvrit la portière. Un autre s'empara de ma valise dans le coffre. Je laissai un pourboire au taxi, donnai un dollar aux deux costumes Armani. J'étais arrivé à Manhattan. La chambre, au douzième étage, était sur rue. Il y avait de l'acajou, des draps blancs, des stores vénitiens. Les fenêtres étaient scellées. Je branchai la climatisation. Je pris un Diet Coke dans le mini-bar. Le décalage horaire commençait à faire son effet. J'ouvris ma valise et déposai ma trousse de toilette au-dessus du lavabo. J'étais sous la douche quand le téléphone sonna. J'attrapai un peignoir et décrochai le combiné fixé au mur, à côté des W-C. C'était Bébé.

– Je ne vous réveille pas ?

– Non, non.

– Quelle heure est-il à New York ?

– Six heures de moins qu'à Paris.

Le miroir était couvert de buée.

– Vous m'appelez pour avoir l'heure ?

– Comment est votre chambre ? Est-ce que vous avez mangé un hot-dog dans la rue ?

L'eau gouttait sur le carrelage. Tout en parlant, j'approchai mon visage du miroir. L'éclairage était impitoyable. Pendant ce temps, la petite Française passait sa commande.

– Chez Gap, je voudrais ce pantalon de flanelle à la Lauren Bacall, taille extra-small. Vous n'oublierez pas : extra-small. Prenez aussi des bougies parfumées chez Ralph Lauren. Elles sont au dernier étage, là où il y a un feu de cheminée. Choisissez les pots en faïence bleue avec des scènes de chasse à courre. Ne les laissez pas vous refiler leurs bougies transparentes avec un petit nœud, elles sont hideuses. Et puis il y a ce livre sur Lee Radziwill, ils doivent avoir ça chez Brentano's. Vous notez, hein ?

– Pas vraiment. Pour tout vous dire, j'étais sous la douche.

– C'est malin. Il va falloir que je recommence à zéro. Allez me reprendre sur le poste de la chambre. Je vous imagine très bien, dégoulinant dans votre peignoir, les pieds dans une flaque, n'osant pas me dire que vous avez le nez au-dessus des cabinets. Allez-y. Sur la table de nuit, il y a certainement un petit bloc et un crayon.

J'obéis. Dehors, une sirène de police résonna. La liaison s'effectuait par satellite et il y avait de minuscules blancs dans nos paroles. De toute façon, au début de notre histoire, nous aurions su combler tous les silences. Ces discussions en longue distance avaient du romanesque. Nos syllabes se chevauchaient. J'ai toujours eu du mal à attendre que mes interlocuteurs aient terminé leur phrase avant de leur répondre.

– Il pleut ? demanda Bébé. Non, il ne pleut pas ? Alors, allez déjeuner dans Central Park, à la Tavern on the Green. Mais tout seul, hein ! Après, vous vous arrêterez chez Tiffany. Vous me prendrez un de leurs petits cœurs. Je les collectionne. Pas les dorés, surtout, les argentés, ceux où il y a le numéro gravé dessus.

Vous ne vous tromperez pas ? Et juste à côté, une peluche chez Schwartz, n'importe laquelle.

Avant de raccrocher, la petite Française me fit une dernière recommandation :

– A propos, je vous interdis de sortir le soir.

Allongé sur le lit, j'écoutais les Cranberries. Je mourais de faim, tout d'un coup. En France, il était deux heures du matin. Le room-service m'apporta un sandwich au pastrami et une salade de fruits. L'eau minérale était de l'Evian. Je louai *De sang froid* en vidéo. Ils n'avaient pas *Le Mépris*. Je n'arrivais pas à dormir. Je rallumai et préparai mes questions pour l'écrivain qui n'avait pas eu le Nobel.

L'écrivain habitait Brooklyn Heights. La secrétaire m'avait spécifié de ne pas arriver en avance. La maison dominait l'East River. Des ouvriers étaient en train de réparer l'électricité. L'écrivain me reçut en short et pieds nus. Il s'excusa d'être enrhumé.

Sur la bande, quand je la réécoutai, il y avait en fond sonore le bruit d'une perceuse.

Un vent terrible s'engouffrait dans la 6e Avenue. Liza Minnelli donnait un récital au Radio City Music Hall. Des fillettes en robe bleu marine rentraient chez elles après l'école. Au MOMA, j'achetai une dizaine de cartes postales représentant *Christina's World.* On voyait moins de limousines dans les rues que la dernière fois que j'étais venu. Sur le trottoir, affalé devant le magasin Gucci, un sans-abri faisait la manche. Un carton posé devant lui indiquait qu'il avait le sida. Son physique ne démentait pas cette affirmation. Chez Bloomingdale, je pris du parfum Bill Blass pour l'offrir à Bébé. Devant l'église Saint-Patrick, je croisai une actrice française qui avait fait parler d'elle au tout début des années quatre-vingt. A l'époque, elle posait beaucoup toute nue. Qu'est-ce qu'elle faisait ici ? A mon retour, je proposerai au journal une grande série : « Que sont-elles devenues ? » Ma liste était prête. Elle comprendrait Jacqueline Sassard, Noémie Dubac, Joanna Shimkus, Samantha Eggar.

Je pris un petit déjeuner dans le *delicatessen* où Woody Allen avait tourné une scène de *Maris et Femmes*. A Central Park, je n'ai jamais trouvé la Tavern on the Green.

Elle vint me chercher à l'aéroport. Personne n'avait jamais fait ça pour moi. Elle brandissait une grande pancarte à mon nom, à la façon des guides de tour opérator. Je ne savais plus où me mettre. Elle s'était parfumée. L'odeur était plus forte vers le cou. Cela sentait les fleurs, le dentiste, les bonbons.

Ce fut une journée qui me sembla de bout en bout irréelle. J'étais bien. Je me sentais au chaud. Nous avons regardé *Les Copains d'abord* en vidéo, allongés tête-bêche sur le canapé. Un film qui commence par « You can't always get what you want », même si c'est pour accompagner un enterrement, ne peut pas être mauvais. Bébé a donné des coups de téléphone. J'ai appelé le journal pour dire que je ne viendrais pas aujourd'hui. Nous sommes sortis. Au Bon Marché, nous avons fait dupliquer nos clés. Nous avons remonté la rue du Faubourg-Saint-Honoré. Bébé a voulu prendre des macarons chez Ladurée. Je lui ai offert des verres en cristal chez Lalique. Elle promit d'essayer de ne pas les casser tout de suite. Elle marchait sur le rebord du trottoir, les bras à l'horizontale, en évitant soigneusement de poser les pieds sur les joints de ciment. Elle était lumineuse et gaie comme une chanson de Simon et Garfunkel.

Des voitures immatriculées en banlieue fonçaient dans un concert d'avertisseurs. On célébrait un mariage. Du tulle était noué aux portières, sur les antennes. Bébé me regarda avec un sourire incertain. Place de la Concorde, des autocars déversaient leurs cargaisons de touristes.

– Vous voyez ce type qui donne du pain aux pigeons ?

– Oui.

– Il me fait penser à vous.

Je regardai mieux. L'homme était presque gros, les joues couperosées. Sa calvitie était sérieusement avancée. Autour de lui, de nouveaux pigeons venaient se poser.

– Celui-là ? Je ne vois pas pourquoi.

Bébé haussa les épaules.

– Pas physiquement. Je voulais dire : sa gentillesse, sa générosité.

– Mais je ne suis pas gentil.

– Alors, disons : sa solitude. Ça vous va, comme ça ?

– Je ne vois toujours pas.

– Bon.

La petite Française tira sur sa queue-de-cheval, avec ce geste qu'ont les filles pour qu'elle soit encore plus serrée. Nous avons franchi le pont. Elle voulait m'emmener au musée d'Orsay. Une file de visiteurs serpentait sur le parvis. Nous avons renoncé. Je lui dis que ça ne faisait rien. Nous rentrâmes chez elle. Nous avons dormi un peu, en compagnie d'un disque de Suzanne Vega qui tournait en sourdine.

Plus tard, nous avons mangé des hamburgers tièdes devant un feu de cheminée. Je les avais rapportés du Mac Donald's qu'il y a en haut de l'avenue de Wagram, au guichet qui s'ouvre directement sur le trottoir. J'avais cherché fébrilement de la monnaie dans mes poches pendant que les feux de détresse de la VW stationnée en double file clignotaient. J'avais oublié de réclamer des pailles. Pour le Coca-Cola. Bébé déchira le sachet de ketchup avec les dents. Les emballages de polystyrène jonchaient la moquette autour de nous. Il y avait aussi les pochettes rouges pour les frites, les grands verres de plastique blanc, la mayonnaise qui dégoulinait sur les doigts quand on mordait dans le pain. La télévision était allumée et aucun de nous ne songeait à la regarder. Bébé engloutit un muffin aux myrtilles. Une cascade de miettes dévala sur le devant de son pull. Elle jeta les serviettes en papier dans le feu. Cela fit des flammes presque entièrement jaunes. Elle éternua. Elle n'arrivait pas à se débarrasser de ce rhume qu'elle avait attrapé le samedi précédent aux puces de Saint-Ouen.

– Vous feriez bien de m'aimer, dit-elle.

Cela sonnait comme un ultimatum.

Elle ralluma la petite lampe sur la table de nuit. Ses cheveux étaient tout emmêlés. Elle disparut dans la cuisine. Je l'entendis ouvrir le frigidaire. A côté de la lampe, il y avait une photo d'elle à treize ans. Elle sautait une barrière sur un poney. J'aurais aimé la connaître à cette époque. A la limite, j'aurais rêvé de la connaître depuis sa naissance. Je roulai sous les draps et m'assis au bord du lit. Les tennis de Bébé étaient là, renversées. Je vis qu'elle les avait enlevées sans défaire les lacets. Elle était de dos. Elle mangeait un yaourt aux fruits devant l'évier.

– Merci pour votre carte de New York, dit-elle.

– Ça n'était rien.

– Ne me regardez pas. Je dois être affreuse.

Elle portait un slip et rien d'autre sous sa robe de chambre en pilou. Elle avait un nombril comme un bouton de sonnette. Elle a visé la poubelle avec son pot de yaourt vide et nous nous sommes installés à la grande table de bois, chacun d'un côté. Elle rougissait un peu, regardait en biais. Elle avait l'air d'essayer de se rappeler quelque chose.

– Est-ce qu'un cygne peut vraiment vous briser la jambe d'un seul coup d'aile ?

J'ouvris la bouche.

– J'ai lu ça dans un livre, dit-elle.

La lumière du plafonnier était un peu aveuglante.

– Bref, vous ne savez pas. Vous ne savez rien,

vous. Quel âge avez-vous pour être aussi ignorant ? Vous avez faim ? Je vais faire des œufs à la coque. C'est merveilleux, ça...

– Qu'est-ce qui est merveilleux ?

– D'être là. De s'être rencontrés. De partir bientôt à la montagne. Enfin, tout quoi !

Bébé sortit une casserole, la remplit d'eau, la posa sur le gaz. L'eau commença à bouillir. La petite Française y déposa les œufs avec la précaution d'un démineur. Son visage s'approcha du mien. Ses lèvres étaient minces comme une épingle de cravate. Toutes les lumières du monde s'éteignirent. Au-dessus du grille-pain trônait la photo d'un homme mûr.

– C'est votre père ?

Il y eut du flottement. Elle détourna la tête une seconde pour sourire à on ne savait quoi. Ses sourires étaient rares, mais ils valaient la peine. Elle alluma une cigarette. Je vis qu'elle allait parler. Je la devançai :

– Je sais : demain, vous arrêtez de fumer.

Est-ce qu'elle avait aimé son père ? Je crois que oui. Sa famille était un arbre aux branches décapitées. Cela partait dans tous les sens. J'avais toujours mes parents. Ils s'entendaient bien et je m'entendais bien avec eux, même si je n'avais jamais réussi à retenir la date de leurs anniversaires. Pendant des années, les siens ne se sont plus adressé la parole.

NOËL approchait pour de bon. Paris s'agitait. Il y avait les cadeaux à prévoir, les billets d'avion à réserver. Des Austin vertes vrombissaient sur la chaussée avec au volant des blondes oxygénées. Les boutiques étaient encombrées de dorures. Un sapin gigantesque se dressait au Rond-Point des Champs-Elysées. Le soir descendait sur les avenues. Quand on levait les yeux, il y avait maintenant des fenêtres éclairées avant l'heure du dîner. Bébé acheta une trousse de toilette en cuir, une boîte de chocolats, de la vodka suédoise. Elle chercha aussi quelque chose pour sa mère.

– Vous pensez comme c'est pratique. Elle a déjà tout. C'est tuant. Dès qu'elle veut un truc, elle se l'offre dans la seconde. On arrive toujours trop tard. Quand on veut lui faire une surprise, on tombe à côté. Ensuite, on retrouve les cadeaux dans des armoires, inutilisés, dans leur emballage d'origine. Vous n'auriez pas une idée ? Aidez-moi.

Son choix se porta finalement sur les œuvres complètes de Simenon dans une édition de semi-poche. Rue Royale, des écharpes de mousse verte reliaient les façades.

Bébé portait un gilet de laine torsadée à gros boutons de cuir qui avait appartenu à son père. Les pères sont faits pour ça, pour que leurs filles leur empruntent des pull-overs qu'elles ne leur rendront jamais. J'avais ma vieille veste de tweed, mon éternelle chemise oxford. J'en avais toute une collection.

– Venez.

Dans la cuisine, la table était dressée. De l'orvieto rafraîchissait dans un seau à glace. Il y avait du carpaccio, de l'huile d'olive et du citron. Ensuite, ça serait des tortellinis avec des tomates fraîches coupées en dés, du basilic et de la roquette. Elle tenait la recette d'un restaurant à Rome où son père l'avait emmenée.

Son père aimait les îles et les chevaux, la boxe et le bordeaux. Je voulais de tout. J'avais acheté un briquet rien que pour allumer ses cigarettes.

Elle revint de la chambre avec une boîte à chaussures remplie de photographies. Son père ressemblait à un acteur américain, du temps où les acteurs américains ressemblaient à quelque chose. On le voyait en tenue de polo, une main dans les cheveux de sa fille qui levait la tête vers lui. En Suisse, sur un lac, aux commandes d'un Riva, l'été où il lui avait enseigné les rudiments du ski nautique. Sur un autre cliché, il s'était laissé pousser la barbe. Belle gueule d'aventurier.

Il avait du charme, mais je n'aurais pas aimé que ce soit mon père. Les photos se succédèrent. Elle avait un mot sur chacune. Elle se mettait à quatre pattes et soufflait sur les bûches. Son père avait voyagé. Il habitait bien ses costumes. En croquant dans une glace au chocolat blanc, Bébé racontait les pêches sous-marines de son père en Sardaigne. De temps en temps, il revenait à Paris et consacrait ses après-midi à dévaliser les bouquinistes. Bébé alimentait la conversation. Je n'avais pas l'habitude d'écouter les filles. Je trouvais sa présence rassurante. Elle avait un an lorsque eut lieu le festival de Woodstock. J'eus envie de lui dire qu'avec elle, si elle était d'accord, ça serait pour la vie.

Sa mère ne figurait sur aucune des photos.

Pour Noël, elle m'offrit un percolateur. Pour son anniversaire, qui tombait en janvier, je l'emmenai dans un restaurant de la rue de Dantzig où j'avais mes habitudes. Le foie gras ne déçut pas la petite Française. Je ne lui dis rien sur la suite des événements. La VW descendit le boulevard Raspail. Puis rue du Bac, les quais. Nous traversâmes la Seine par le pont de la Concorde et la VW contourna la fontaine qui se trouve au centre de la place. Le voiturier ouvrit la portière côté Bébé. Nous entrâmes dans le hall du Crillon. La petite Française fit plusieurs fois le tour de la porte à tambour. Nous passâmes la nuit dans une chambre qui donnait sur la Concorde. En peignoir, sur le balcon, je fermai les yeux et fis le serment d'aimer cette fille-là jusqu'à la fin de mes jours.

– Tout le monde me trouve snob, pleurnicha Bébé.

– Et vous ne l'êtes pas ?

Pour toute réponse, je reçus un coussin en pleine figure. La petite Française alla préparer le dîner, dans une odeur de concombre et de persil coupé.

Elle posa un disque, brancha son répondeur. Elle remplissait toutes les pièces de son énergie débordante. A huit ans, son père l'avait abonnée au *New Yorker*.

– Je crois que le mariage de mes parents aurait tenu si mon père ne s'était pas mis en tête de travailler. Ma mère voulait qu'il soit là tout le temps, à ses petits soins. Elle devait être épouvantable avec lui. En dépit de ça, papa a vaqué à ses affaires. Ma mère n'a plus eu voix au chapitre. Cela, elle ne le lui a jamais pardonné. Elle devint excessive, ridicule. C'étaient des scènes à tout bout de champ, à propos de rien. La porte de leur chambre se fermait. Je percevais des cris étouffés, des phrases prononcées pour blesser.

Un vacarme inhabituel retentit au-dehors. Bébé se précipita à la fenêtre. Je m'accoudai à côté d'elle. Elle tendait son cou à l'extérieur.

– Oh, regardez !

Une théorie de gardes républicains rentraient à l'Ecole militaire. Les sabots des chevaux retentissaient sur les pavés. Les cavaliers se soulevaient sur leur selle en cadence, au petit trot. Le panache rouge de leur casque ballottait doucement. Le spectacle avait quelque chose d'irréel, de miraculeux. En plus, la neige s'était mise à tomber. C'était comme si un metteur en scène s'était occupé de tout.

– C'est beau, n'est-ce pas ?

La petite Française se hissait sur la pointe des pieds. Nous les regardions tourner à gauche dans la rue de Grenelle, disparaître un par un.

– Je ne les avais pas vus depuis des années. Chez ma grand-mère, celle qui habitait aux Gobelins, je les voyais tout le temps, le mercredi, quand elle me gardait.

– Ils ont laissé du crottin partout.

– Vous gâchez tout, vous n'avez pas le droit.

Ils étaient partis. Puis le fracas des sabots s'évanouit complètement. La neige commençait à blanchir le toit des automobiles en stationnement. Bébé referma la fenêtre.

– Si ça continue comme ça toute la nuit, dit-elle, ça va tenir.

La neige, enfin. Cela sentait vraiment l'hiver. Au matin, les rues étaient blanches. Les autos roulaient sans bruit. Le vent soufflait dans tous les sens. En tombant, les flocons faisaient des tourbillons insensés. Ils s'agrippaient à nos épaules, nous fondaient sur les joues. Nous avons couru. Bébé s'arrêta, fourbue, à l'angle de la rue Saint-Dominique.

– Moi, ça me donne envie d'aller à la montagne.

Et Megève, quand était-ce au juste ? Je me souviens d'avoir skié sans bonnet, que Bébé lisait une biographie de Truman Capote dans une chaise longue devant l'hôtel. Elle avait enduit ses lèvres de pommade blanche.

Mais j'ai oublié de quelle piste il s'agissait. Pas une noire, une verte sans doute, ou une rouge. Je skiais seul. Bébé avait peur de la pente. Elle avait pris quelques cours et décidé que cette activité dérisoire – descendre, faire la queue, remonter, descendre à nouveau – n'était pas pour elle.

Je sautai au terminus des œufs. Je chaussai les skis que j'avais loués en bas, à la station. Depuis le sommet, l'hôtel n'était pas plus grand qu'un paquet de cigarettes. L'air était presque palpable. Au-dessous de nous, les skieurs s'agitaient comme des points multicolores. Les chaussures me serraient.

Je n'avais pas skié depuis des années. Je poussai sur les bâtons et démarrai lentement, retrouvant l'usage de mes jambes. Les virages, ça allait. Je franchis sans encombre la première bosse. Il me revint que j'avais toujours aimé le bruit que font les skis en dérapant dans la neige dure, ce léger chuintement. La vitesse augmenta. Je sautai en l'air, pressai les poignées de mes bâtons. Des moniteurs me dépassèrent en file indienne. Ils se suivaient impeccablement. Le dernier d'entre eux sifflotait. Comme ça, on me narguait ? Très bien. Est-ce que les nouvelles générations disaient encore « tout schuss » ? Ce fut un miracle si je ne volai pas en éclats. Je doublai la cohorte de moniteurs dont aucun n'eut un regard pour moi.

Il était tôt. La piste était encore verglacée. Il fallait rester sur les carres. Je retrouvai, intact, le vieux, l'intense plaisir. La confiance revenait. Sur le côté, les sapins défilèrent comme des quilles au bowling. Les bosses se succédaient en cadence. Au milieu, je marquai un arrêt. Mes gants sentaient le cuir mouillé. Je me dis que jusqu'à la fin de mes jours, je saurais faire du vélo, du patin à roulettes et du ski.

Je dévalai la pente en une parfaite ligne droite. En moi, l'animal répondait encore. Les anciens, les inexorables rudiments : le buste face à la pente, les genoux fléchis, le poids du corps sur l'arrière des skis. Quand je les enfonçais, à chaque virage, les bâtons propulsaient un nuage de poudreuse. Une dernière courbe, et je freinai en soulevant un panache de blancheur.

Elle était là. Elle m'attendait.

Bébé souleva ses lunettes sur son front. Elle me contempla et vissa un index sur sa tempe. Elle avait reposé le livre sur ses genoux. Le soleil la contraignit à mettre la main en visière au-dessus de ses yeux. Sur la table à côté d'elle, il y avait un Coca-Cola avec une paille directement fichée dans la bouteille. Il faisait si beau que Bébé avait posé sa doudoune sur le dossier d'une chaise longue. Elle riait, le visage enfoui dans une grosse écharpe de laine camel, les joues rosies. Elle portait un pantalon de velours beige. Elle bascula de son transat, un peu comme on descend de cheval. Je la vis fouiller dans son gros sac de Nylon noir. Elle en extirpa un appareil photo, l'ajusta et appuya vite sur le déclencheur. Le Polaroïd sortit aussitôt. Bébé frotta le cliché contre la manche de son pull pour accélérer le développement. Sur la photo, j'avais la marque ovale des lunettes et le nez qui brillait. Bébé eut son sourire. Ce week-end-là, elle n'a pas cessé de sourire.

Pour la Saint-Valentin, elle avait réservé dans un restaurant avec vue sur la Madeleine. L'église était en ravalement. Frémissant dans la brise, une grande bâche à motifs de colonnes doriques masquait la façade de l'édifice. Des projecteurs éclairaient tout cela, à travers les branches des arbres. A chaque souffle de vent, cela faisait comme un kaléidoscope. La petite Française sourit dans le vide. Je lui laissai la banquette. En face de nous pérorait un milliardaire anglais qui s'était présenté aux élections européennes. Il enleva ses mocassins durant le dîner.

Bébé reprit du tiramisù. Il y eut encore du champagne. Elle buvait peu, mais savait reconnaître les grands crus.

– Vous étiez déjà venu ?

– Non. Et vous ?

Elle fit oui en hochant la tête.

– Avec qui ?

– Jaloux ? Oh, oh.

Je repris une gorgée de bourgogne. Autour de nous, les lumières changeaient. Le pianiste jouait un air connu dont je n'ai pas retrouvé le titre. Bébé réclama l'addition. Elle n'avait plus de cigarettes. Il fallait qu'elle aille au drugstore. Minuit : ce serait encore ouvert. Dans le taxi qui nous ramena, je l'embrassai sur la bouche. Le chauffeur régla son rétroviseur pour ne pas perdre une miette du spectacle.

Bébé me coupa les cheveux très court. Elle croisa les bras sur sa poitrine pour contempler le résultat. Enfin, sa poitrine : elle n'avait presque pas de seins, on aurait dit deux grains de beauté. Je me passai la paume sur la nuque. Cela grattait comme lorsque j'étais enfant et que les coiffeurs utilisaient encore la tondeuse mécanique.

– Qu'est-ce qu'il est velu, ce Piccoli ! Il a beaucoup plus de poils que vous.

Le générique parlé du *Mépris* l'ébahissait. Je lui dis qu'il s'agissait d'un hommage à Guitry. Elle fut presque déçue.

Au journal, le rédacteur en chef me signala que mes articles étaient trop longs. Il avait été obligé de réduire. Il me dit aussi qu'il fallait compter avec la publicité, tâcher de dire du bien des restaurants qui achetaient des encarts dans les pages. Je le considérai avec mon sale air et il n'insista pas. Il n'était pas rasé. Sa jambe droite pendait sur le bras du fauteuil. Un vieux flamant rose. C'était lui qui m'avait fait débuter dans le journalisme. Nous nous étions connus en vacances, sur la Côte basque. Il me raccompagna jusque dans le hall.

– Ils sont bien, tes articles, tu sais.

– Allons bon, fis-je.

– Tu as raison. Chaque fois que je fais un compliment à quelqu'un, il me réclame une augmentation.

– A propos, commençai-je en riant.

– File !

Donc, Edouard est venu dîner. Il n'allait pas bien. J'en avais un peu assez d'être toujours celui qui remontait le moral de tout le monde. Je sortis du champagne. Il y eut du saumon fumé et du pouilly-ladoucette. Edouard s'était chargé du dessert, une glace au pain d'épice. Au moment du café, je notai qu'il avait un début de brioche. C'était peut-être seulement dû à sa façon de s'asseoir. Il voulut revoir le début du *Mépris*.

– Si je meurs, dit-il, je veux qu'on passe la musique de Georges Delerue à mon enterrement.

J'entamais ma deuxième semaine tout seul et la petite Française ne m'avait ni téléphoné ni écrit une seule fois. J'échafaudai des raisonnements compliqués pour justifier ce silence. J'en profitai pour mettre de l'ordre dans les décombres de mon passé. Pour la première fois depuis longtemps, j'avais envie de faire des choses.

Je classai tous les articles que j'avais gardés sur les sujets les plus divers : l'assassinat de Sharon Tate, un hôtel à la pointe du Raz, des interviews de Roy Orbison.

Ma vie commença réellement le jour où je me mis à sortir avec Bébé. Tout ce qui avait précédé constituait une sorte de brouillon. Adolescent, mon rêve avait été d'épouser la première femme que j'aurais embrassée. Les choses ne s'étaient pas produites de cette façon. J'avais couché avec beaucoup de radasses et ie n'avais plus songé au mariage. Sortir avec une femme dont j'étais amoureux : le sujet était nouveau pour moi.

A la piscine, une surprise m'attendait. Bébé, en maillot une pièce noir, était assise à côté du tremplin, les pieds battant la surface de l'eau. Son sourire ne s'adressait à personne d'autre qu'à moi.

– On fait la course ?

Elle plongea sans perdre une seconde. Elle nageait bien. Elle nageait vite. Je plongeai à mon tour. Son corps fendait l'eau sans une éclaboussure. A chaque virage, elle effectuait une culbute impeccable. Je fus très mufle. Je ne la laissai pas gagner. Elle me battait trop souvent aux échecs.

Je respirai. Cette bonne vieille odeur de chlore. Elle ne m'avait pas quitté depuis mon enfance.

– Où avez-vous appris à nager comme ça ?

– Tous les étés, mon père nous emmenait à Panarea. Chaque matin, j'allais à la nage du port jusqu'à l'îlot où Antonioni avait tourné *L'Avventura*. Il fallait presque une heure. Mon père venait me chercher avec une barque de pêcheur. Le soir, il y avait la queue devant la cabine téléphonique. Nous mangions des glaces au cappuccino. Vous ne saviez pas qu'Antonioni avait tourné *L'Avventura* dans les Lipari ? Hein, avouez ?

Je me rhabillai en déchiffrant les graffitis sur les parois de la cabine. Est-ce qu'il y avait les mêmes insanités dans celles des femmes ?

Bébé prit des résolutions. Elle résuma des romans récents pour le compte d'un producteur de cinéma. Elle saisissait le livre entre le pouce et l'index, me demandait :

– C'est bien, ça ?

Je haussais les épaules.

Avec elle, il y avait toujours quelque chose à faire. Il fallut visiter les jardins de Paris. La petite Française commença par les Buttes-Chaumont. C'était déjà la province, une terre étrangère. Il y avait trop de rochers. Au Luxembourg, elle s'écœura de barbe à papa. Au parc Montsouris, le lac artificiel était presque à sec. Les canards ne savaient plus quoi penser. Ceux du parc Monceau refusaient la mie de pain qu'on leur lançait. Au Ranelagh, un corbeau en bronze laissait tomber un camembert dans la gueule d'un renard. J'eus beaucoup de mal à empêcher Bébé d'entrer au guignol. Toute cette chlorophylle m'étouffait. Au Jardin d'Acclimatation, je déclarai forfait. Elle me traita de lâcheur. Je lui dis merde. Nous nous détestâmes. Entre nous, il manquerait toujours des cris d'enfants, des rivières enchantées, des ballons rouges gonflés à l'hélium.

Par la suite, il y eut des soirées remplies d'hiver. Je me souviens d'un jour où nous sommes partis pour la Bourgogne. Nous avions marché longtemps. Nous avons eu du mal à retrouver l'endroit où nous avions garé la voiture. Une brume vaporeuse planait au-dessus d'une rivière. Nos pieds s'enfonçaient dans des couches de feuilles mortes. La route contournait un village. Nous arrivâmes à un rond-point. Rien n'était indiqué. Bébé cherchait Saulieu sur la carte. La pluie se mit de la partie. Le brouillard devenait plus épais. Bébé enfouissait ses mains dans un manteau qui avait, une fois de plus, appartenu à son père. Il l'avait acheté en solde chez Harrod's, un mois de janvier. Bébé savait énormément de choses sur son père. Elle avait des gants de cuir et mettait souvent ses mains devant sa bouche. Le pré, d'un vert presque indécent, était en pente, l'herbe glissante. Les arbres avaient perdu toutes leurs feuilles. De loin, nous avons aperçu un couple qui marchait. Un chien était avec eux. L'homme lançait un bâton que l'animal lui rapportait en remuant la queue. Ils venaient à notre rencontre. La femme avait une de ces longues vestes en peau de mouton retourné comme on en voyait beaucoup dans les années soixante. L'homme portait un loden. Il avait une canne et tenait le bras de sa femme. Pour nous, il ne faisait pas le moindre doute qu'ils étaient mariés. Ils s'étaient mariés, il y avait très longtemps, et depuis ils ne s'étaient pas quittés. Leurs enfants avaient grandi, étaient partis. Ils ne venaient pas les voir assez souvent. Sous la casquette, les cheveux de l'homme étaient d'un blanc de neige. La femme avançait en baissant un peu la tête. De nombreuses traces de beauté subsistaient sur son visage. Nous nous approchâmes encore. L'homme nous regarda. Il s'arrêta, rappela son chien. Ce n'est qu'au dernier moment, à quelques mètres d'eux, que je m'aperçus que la femme était aveugle. Une membrane presque bleue lui voilait les yeux. Je sentis le vent se lever. L'hiver n'était pas une saison, mais un état d'esprit.

Nous fîmes la course à travers champs. Je courais tellement vite que je me donnais presque des coups de genou dans le menton. Je glissai. Je tombai en arrière, sur les fesses, de manière assez grotesque. Je m'écorchai la paume des mains. Du sang se mélangea à la terre.

Le week-end suivant, je vis quatre films d'affilée. Je choisis des salles qui n'étaient pas trop éloignées les unes des autres. Entre deux séances, je courus avaler un hamburger au Mac Donald's du boulevard Saint-Michel. Des Japonais portaient l'imperméable jaune d'Eurodisney.

Le soir, je restai allongé sur le canapé. Je

feuilletai *Pariscope* et cochai au feutre les films que je n'avais pas vus. Je songeai à Bébé, à ses petits seins, à ses jambes lisses. C'étaient de vraies jambes, faites pour la marche et les caresses. La taille de sa poitrine ne me dérangeait pas. Les gros seins m'avaient toujours effrayé. C'était une obsession que je ne comprenais pas chez Fellini.

Je remis *Le Mépris*. Je ne comptais plus le nombre de fois où j'avais accompli ce geste. Fritz Lang rajustait son monocle et disait : « Il faut toujours finir ce qu'on a commencé. » A un autre moment, il disait : « La mort n'est pas une conclusion », ce qui revenait un peu au même.

C'était bien. La petite Française avait pensé à mon anniversaire. Trente ans. Merde, trente ans. Je ne lui avais rien dit, pourtant. A part ma mère, elle fut la seule à se manifester. Trente ans, je voulais oublier tout ça. Le jeune homme triste, merci beaucoup. Je ne me voyais pas finir dans ce rôle.

– Vous n'avez pas dîné, au moins ?

Je n'en revenais pas de cette impression que j'avais toujours quand j'étais avec elle de la découvrir à chaque instant.

– Venez, dit-elle.

Elle m'entraîna dans la rue. La VW eut du mal à démarrer.

– Où est-ce qu'on va ? demandai-je.

– Conduisez. Je vous dirai.

J'ai pris la rue de Grenelle. Les cars de CRS étaient garés en double file. Bébé se taisait. Il y eut des feux rouges, un camion-poubelle qui ne se rangeait pas. Elle me fit arrêter la voiture au milieu de l'esplanade des Invalides.

Elle ouvrit sa portière et dit :

– N'éteignez pas la radio.

Le poste diffusait un vieux tube de Brian Ferry. Bébé descendit. Je la suivis. Elle ôta ses escarpins et marcha pieds nus dans l'herbe humide. Elle tenait ses chaussures à la main en progressant comme une danseuse.

– Venez.

A notre gauche, le dôme des Invalides brillait dans les projecteurs. Bébé revint sur ses pas. Elle ouvrit le coffre, en sortit une bouteille de champagne, un panier en osier et une couverture à franges écossaise. Elle me colla le tout dans les bras, sauf le champagne.

Au milieu de la pelouse, là où dans la journée des adolescents jouaient au football, elle étendit la couverture, posa le panier à côté. Des verres à pied surgirent comme par miracle. Elle me tendit le champagne.

– Je sers, mais vous ouvrez.

La bouteille était glacée. Le bouchon n'opposa pas de résistance. Une sorte de soupir s'échappa du goulot. Comme promis, ce fut elle qui remplit les verres. Nous avons trinqué.

– A quoi ?

– Secret, dit-elle.

Elle s'allongea sur le dos, les jambes croisées

– Vous voyez le dernier étage de cet immeuble, là où il y a un duplex ?

Je regardai dans la direction que son bras indiquait. Il y avait une terrasse, un jardin suspendu, de grandes baies éclairées.

– Un jour, j'habiterai là. Je ne sais pas qui l'occupe aujourd'hui, mais un jour cet endroit sera à moi. Je me le suis juré depuis que je suis toute petite. Il y a peu de choses dont je sois sûre dans la vie, mais celle-là en fait partie. Ça doit vous sembler bête, hein ?

– Pas du tout.

Je la dévisageai en silence. Elle ne doutait de rien. Elle avait raison. Ses lèvres trempèrent dans le champagne. Elle fit une petite grimace. Sur la couverture, ses deux escarpins étaient renversés sur le côté, comme des voitures accidentées.

– Vous voulez parier que bientôt j'habiterai là ?

Elle vida son champagne. Je n'avais pas touché au mien. Je n'étais pas dans mon état normal. Sa jupe remontait sur ses cuisses. A notre hauteur, les autos ralentissaient. Des plaisantins faisaient des appels de phares. D'autres baissaient leur vitre et nous interpellaient. Bébé leva son verre à leur santé. Elle soupira. C'était un soupir de bonheur. Du moins, c'était comme ça que j'envisageais les choses. J'ai toujours eu tendance à considérer que les gens avaient une chance folle de me rencontrer. De la VW nous parvenaient les échos d'une musique sud-américaine. Nous sommes restés là, à boire du champagne, à croquer dans des bretzels géants, à tartiner du caviar. Bébé avait même prévu du café dans une Thermos. La nuit semblait tout, sauf provisoire.

– C'est fou ce que je peux aimer Paris ! Londres, Rome, New York, tout ça c'est la banlieue.

Elle se moucha dans une serviette en papier. Je bus un peu de café.

– Prêtez-moi votre veste, dit-elle en imitant l'accent allemand de Fritz Lang.

En chemise, je m'étendis à côté d'elle, le poing sur la joue. En haut de l'immeuble où Bébé serait un jour propriétaire, les fenêtres s'étaient éteintes. Elle étira ses bras. Elle eut soudain le même sourire que sur la photo de ses treize ans. Nous n'étions pas là depuis un quart d'heure que de minuscules tourniquets sont apparus un peu partout sur la pelouse et ont commencé à tout arroser autour de nous. Nous battîmes en retraite dans un fou rire.

Nous avions terminé le scénario. Le producteur était satisfait du résultat. Maintenant, il fallait décrocher l'Avance sur recettes, sans laquelle rien ne se fait. Mon réalisateur réfléchissait déjà à sa distribution. Est-ce que je connaissais des actrices ?

Navrante. Genève était navrante. Bébé était allée là-bas régler des histoires de banque pour sa mère. Elle n'avait pas apprécié le TGV. Un gros rouquin l'avait draguée.

– Au début, il m'a dit qu'il était toujours entre Paris et Deauville. Je ne pouvais pas deviner qu'en fait il habitait Evreux.

Elle me laissa lui enlever son manteau et m'embrassa affectueusement. C'était un baiser de longue date. J'entrai dans l'obscurité de la chambre pour étendre le manteau sur le lit avant de retourner au salon. La petite Française avait rapporté un appareil photo miniature et du chocolat blanc en carrés. Elle allumait déjà une cigarette.

– Demain, j'arrête de fumer, avons-nous dit ensemble.

Une de ses jambes était repliée sous elle ; son coude reposait sur le bras du canapé. Elle était bien partout. Son regard était désespérément à la recherche d'un cendrier. Elle écrasait ses cigarettes en les tortillant, comme si elle achevait de dangereux insectes.

– Quelqu'un veut un verre de champagne ?

Elle leva le doigt comme une écolière. De la cuisine, je lui criai :

– Alors, la Suisse ?

Bébé va chez l'esthéticienne (épilation maillot). Bébé achète des boucles d'oreilles. Bébé traîne à Saint-Germain-des-Prés. Bébé prend le thé à l'hôtel Lenox. Elle est brune et a des yeux immenses, un grain de beauté sur la lèvre supérieure. Bébé m'offre des pulls, des écharpes. Je me sens vieux et maladroit. Bébé rédige une brochure publicitaire pour des cosmétiques. Je corrige ses fautes d'orthographe. Elle a des problèmes avec les participes passés. Bébé dit très peu de gros mots. Bébé oublie ses clés. Il ne lui arrive que des bricoles. Parfois, Bébé parle de son père.

– Le dimanche, il nous emmenait au zoo, au guignol. Ma mère restait au lit tout le week-end. Ça a toujours été comme ça.

Bébé avait dix ans lorsque son père mourut dans un accident d'avion.

– Voilà, dit-elle.

Un soir, elle passa à la télévision, dans une émission consacrée aux jeunes filles. Le lendemain, elle demeura introuvable. Je téléphonai partout. J'ai gardé la cassette de l'enregistrement. Elle est quelque part, sur une étagère. Je ne l'ai pas revue. Bébé portait autour du cou cette croix que je n'aimais pas.

Le restaurant se vidait. Il était minuit passé. Nous étions presque les derniers. On demanda Bébé au téléphone. Elle se leva. Je bus la fin du chablis en l'attendant. Pourquoi avait-elle donné à quelqu'un le numéro du restaurant ? A la table voisine, deux femmes, la quarantaine, parlaient divorce, pension alimentaire, garde d'enfants. Elles en étaient à leur deuxième bouteille. J'écoutais malgré moi. Elles en voulaient aux hommes en général, avec mention spéciale pour leurs maris.

– Après le grand saut, dit celle qui avait du rouge à lèvres, couic ! Sa fille et son fils, il ne les verra plus.

Bébé revint s'asseoir. Un directeur de théâtre lui demandait de dessiner les décors de sa prochaine pièce.

– Mais vous ne savez pas dessiner, si ?

– Non. Et alors ? Ça ne fait rien.

– Il veut vous sauter, oui.

– Mortelant ? Ça m'étonnerait beaucoup. Il n'aime pas les femmes. Enfin, il est pédé.

– Je croyais qu'il ne fallait pas dire pédé.

– Vous, non, mais moi j'ai le droit. Moi, j'ai tous les droits.

Je jouais les humanistes. Elle se déguisait en inculte midinette. Aucun de ces masques ne nous allait. Bébé vida son verre de Coca-Cola en penchant la tête en arrière. Elle croqua les glaçons. Cela émit un bruit de banquise au dégel.

Le lendemain, il me semble qu'il plut toute la journée. Le matin, j'allai nager. A midi, je rejoignis mon père dans une brasserie proche de l'Opéra. Mon père me donnait toujours rendez-vous dans des endroits où je n'aurais jamais eu l'idée de mettre les pieds. Il commanda son éternel plateau de fruits de mer.

– Pas mauvais, disait-il. Hein, c'est bon ici ? Tu vas en parler dans ton journal ?

Je le raccompagnai devant ses bureaux. Il ne vieillissait pas. Toujours sa bonne humeur, ses costumes à fines rayures, son écharpe de cachemire. Je savais que dans les affaires il pouvait être redoutable. Parfois, je me demandais si je ne l'avais pas déçu.

– Qu'est-ce que c'est que ça ? lui dis-je en fixant sa cravate.

– C'est ta mère. Appelle-la, un de ces jours Tu ne viens plus beaucoup nous voir.

Je promis. Nous nous sommes embrassés sur les deux joues. Il s'est engouffré dans un hall de marbre. Le portier l'a salué, puis s'est replongé dans la lecture de *Paris-Turf*. Sur le trottoir, un type en passe-montagne vendait des marrons chauds. Au Paramount, on projetait un film avec John Travolta. Je poussai la porte d'un café et descendis directement au sous-sol. La cabine était libre. Je composai le numéro de ma mère. Occupé. Je remontai. Au comptoir, je pris un café. C'était le quatrième de la journée. J'allais avoir un infarctus, comme Yves Montand dans *Vincent, François, Paul et les autres*. Je regardai autour de moi. Les consommateurs n'étaient pas les mêmes qu'à Saint-Germain. Ils avaient l'air de travailler. Je restai là un quart d'heure à consulter paresseusement les annonces immobilières du *Figaro*. Rien à louer sur l'esplanade des Invalides ni rue Fabert ou rue de Constantine. Ma veste sentait un peu la frite. Une vague de cafard s'abattit sur moi. Je redescendis téléphoner. Encore occupé. J'abdiquai. Avec ma mère, cela pouvait durer des heures.

Je hélai un taxi et lui ordonnai de passer par les quais.

La voilà. Elle s'installa dans un des fauteuils, fit pendre sa jambe sur l'accoudoir. Le bar était plein d'hommes qui parlaient cinq langues. Bébé saisit une cacahuète entre ses doigts et la croqua par le milieu. Moi, je me les enfournais dans la bouche par poignées entières. Elle avait des problèmes avec sa banque. Ils lui avaient confisqué sa carte de crédit. Elle en avait les larmes aux yeux.

– Ma mère m'a coupé les vivres. Vous ne voulez pas m'accompagner à la banque ?

– Pourquoi pas ?

– C'est vrai ? Vous le feriez ? Vous feriez ça pour moi ?

Elle avait porté une cigarette à ses lèvres, mais elle oubliait de l'allumer.

– Oh ! fit-elle. Vous n'aurez qu'à dire que vous êtes mon concubin. Non, pas concubin, c'est un mot trop horrible. Fiancé, voilà ! Que vous êtes mon fiancé et que désormais vous allez contrôler mes dépenses.

Nous marchâmes vers la rue de Rennes. C'était bizarre. Elle faisait n'importe quoi et, en même temps, j'avais l'impression que, de nous deux, c'était elle l'aînée.

NOUS ne sommes pas arrivés à Nantes avant la nuit. Le ciel s'était éteint lentement. En ville, nous avons longé un fleuve. Dans les rues, les vitrines étaient éclairées. Nous sommes passés devant l'ancienne biscuiterie LU. Nous avons garé la voiture en épi sur une place où il y avait un théâtre. J'ai emmené Bébé dîner dans la brasserie où on avait tourné *Lola*. Au mur, il y avait des abeilles en céramique. Bébé n'avait jamais vu le film de Demy. Le gris des huîtres allait bien avec ses yeux. Je lui touchai la main. J'aurais voulu lui dire des choses que je n'aurais dites à personne, mais je les gardais pour plus tard, pour le livre que je manquerais pas d'écrire sur toute cette histoire. Le maître d'hôtel nous prenait pour des amoureux. A côté de nous, un colosse en veste de velours s'attabla en faisant claquer sa langue :

– J'ai tellement soif que je boirais même de l'eau !

Le garçon lui présenta une bouteille de muscadet dans un seau. Je me dis que la France regorgeait d'hommes seuls. J'avais failli être l'un d'eux. Moi aussi, j'aurais commandé une autre douzaine d'huîtres, fait semblant de ne pas observer les clients, j'aurais eu les yeux brillants. J'aurais fait des choses un peu folles, de ces choses dont on ne sait pas si on aura à les regretter. Qu'est-ce que je deviendrais si Bébé me quittait ? Je pensai : j'irais en Afrique du Sud et j'y vivrais avec de faux papiers.

– Quelle est la chose la plus extravagante que vous ayez faite dans votre vie ?

Je faillis répondre : mon dépucelage, mais ç'aurait été trop long à expliquer. D'ailleurs, j'avais atteint l'âge où l'on commence à savoir que dans la vie les choses n'ont pas toutes d'explication. Je choisis de dire :

– Vous avoir rencontrée.

– Facile, dit-elle.

– Et vous ?

Il lui fallut du temps pour réfléchir.

– Avoir partagé un amant avec ma mère sans qu'elle soit au courant.

– Comme ça, on donne dans l'ancien ?

– Non, vous, vous avez de beaux restes.

Je ne me lassais pas d'admirer la façon dont elle entrouvrait les lèvres pour boire son café. Il y avait en elle quelque chose d'indomptable.

Bébé garda le menu, en souvenir.

– Je peux ? dit-elle au maître d'hôtel.

Elle plia la feuille cartonnée dans son sac qui avait une anse en bambou.

– C'est moi qui paye, ajouta-t-elle en se tournant vers moi.

– Pas question, fis-je en tentant de lui arracher l'addition.

– *Silenzio !*

La petite Française ne voulait rien savoir. Je bus une gorgée de café. Il était froid.

En sortant, nous avons marché un peu. Des grilles fermaient le passage Pommeraye. Des jeunes en blouson discutaient devant un fast-food. Des jeunes ! Ils avaient l'âge de la petite Française. La nuit glissait doucement.

Dans un cinéma, on projetait un film dont j'étais parti avant la fin.

– Vous êtes déjà allé à l'île d'Yeu ?

En chômage depuis une dizaine de minutes, sa voix se cassa sur la dernière syllabe. Bébé se racla la gorge, dit pardon.

– Jamais. Mais vous savez, il y a plein de choses que je n'ai jamais faites.

– Par exemple ?

– Je n'ai jamais traversé l'Atlantique sur le *Queen Elizabeth*. Je n'ai jamais dit à mes parents que je les aimais. Je n'ai jamais couché avec Brigitte Bardot. Je n'ai jamais été témoin au mariage de quelqu'un. Je n'ai jamais rencontré François Truffaut.

La petite Française se pencha, souleva le pied et écrasa sa cigarette contre son talon.

– Demain, j'arrête de fumer.

Nous avons jeté notre dévolu sur un hôtel qui venait d'ouvrir, dans une rue en pente.

Au milieu de la nuit, Bébé murmura qu'elle m'aimait. Elle avait oublié de me vouvoyer. Cela me réveilla pour de bon. Je roulai sur elle.

Le moteur faisait un bruit assourdissant. Le pilote nous remit deux casques avec des écouteurs. L'appareil décolla en tournant un peu sur lui-même. Nous survolâmes de petites vagues teigneuses, à la crête blanche, qui disparaissaient à peine nées. L'hélicoptère poursuivait son ombre au-dessus de la mer. Bébé me regarda en hochant la tête. Sa main se posa sur mon genou. On ne pouvait pas parler. Elle cria quelque chose que je n'entendis pas. Sous nos pieds, la surface de l'eau me semblait redoutablement proche. Le vacarme était tel que je compris ceci : la séquence de la Walkyrie ne tient pas la route dans *Apocalypse Now*.

Là-bas, l'île grossissait à vue d'œil. La main de la petite Française n'avait pas bougé. Nous approchions. Pull marin et lunettes de soleil, Bérénice nous attendait. Elle nous saluait en agitant le bras. Ses cheveux battaient dans tous les sens. J'avais vu ça mille fois au cinéma.

Nous avons atterri sur une piste goudronnée, à côté du port. Les pales de l'hélice ralentirent. Le bruit cessa enfin. Nous étions un peu sourds.

Je sautai à terre le premier. J'aidai Bébé à

descendre. Elle riait. Elle embrassa Bérénice avant de me la présenter. C'était une dame qui avait une poignée de main ferme. Elle avait été pensionnaire à la Légion-d'Honneur avec la mère de Bébé. J'avais les jambes engourdies et envie de pisser. Je m'excusai et me dirigeai vers le café-tabac. Je revins avec plusieurs cartes postales. Sur l'une d'elles, on voyait la maison de Bérénice. Elle avait des volets bleus. Bérénice tenait Bébé par le bras. Je les rejoignis en courant.

Nous avons mis le sac dans le coffre. Ce n'était pas loin. Un portail de bois, et c'était le jardin. Bérénice nous fit admirer ses rosiers. On n'aurait jamais dit qu'elle avait cinquante ans. Des vélos pendaient dans une remise, comme des sangliers morts à la devanture d'une boucherie. Bérénice demanda :

– Qui a faim ?

Elle avait préparé des langoustes. Sans attendre, la petite Française trempa un morceau de pain dans le bol de mayonnaise.

La chambre était au premier ; on y accédait par une échelle. Nous sortîmes nos affaires. Le lit était à même le sol. Sur la table de nuit étaient posés *Les Poneys sauvages* en Folio et un grand flacon de « Mouchoir » de Guerlain.

En bas, Bérénice rangeait des tasses.

– Promenade ? fit-elle.

Quand Bérénice disait quelque chose, il fallait obéir. Elle nous prêta des gros pulls. Nous avons pédalé le long de la côte, sous un ciel plombé, jusqu'à un fort en ruine qu'on prétendait hanté. Nous roulions dans des flaques d'eau en écartant les jambes comme les branches d'un compas. Des mouettes se croisaient dans l'air. Elles ne criaient pas. Le vent soufflait par bourrasques. Bébé s'y reprit à plusieurs fois pour allumer sa cigarette. Bérénice, qui avait arrêté, la gronda.

Le soleil était revenu. Nous avons ôté nos pulls, les avons roulés en boule sur les porte-bagages.

– Vous sentez ce micro-climat ? dit Bérénice en respirant à fond.

Nous l'imitâmes. Je ne sentis rien de spécial. La petite Française éclata de rire, puis elle partit en courant. Elle se planta au bord de la falaise, les mains dans le dos. Les rochers ressemblaient à des éponges solidifiées. Bébé écarta les bras et pencha la tête en arrière. Elle n'avait pas du tout peur de tomber.

Bérénice l'appela, lui dit de faire attention. Bébé n'écoutait plus. Elle reprit sa marche sans un regard pour nous. Elle ramassa son vélo et l'enfourcha. Elle démarra en danseuse. Nous lui emboîtâmes la roue. Elle roulait plus vite qu'à l'aller. De gros nuages stationnaient dans le ciel bleu.

Bébé faisait la sieste en haut. Bérénice se versa une nouvelle tasse de café. Ses lunettes en demi-lunes étaient perchées sur son front. Elle s'assit en face de moi. Elle fit passer son pull par-dessus sa tête. Cela la décoiffa. Elle n'y prit pas garde et remit ses lunettes sur son front.

– Il était beau, son père. Vous ne l'avez pas connu ?

Je secouai la tête. Une seconde, je me demandai si Bérénice n'avait pas été sa maîtresse. La cheminée marchait. Bérénice se leva pour rajouter une bûche.

– Je ne comprends pas que sa mère ait gardé une telle hargne contre lui. C'est du gâchis de détester les gens. On pense tout le temps à eux. Il y a tellement mieux à faire.

Bérénice était veuve et divorcée. Elle s'y connaissait en tristesse et en abandon. Elle n'avait eu que des filles et avait gardé d'excellents rapports avec son ancien mari. Quand elle le voyait, elle se moquait de lui. Il se plaignait à Bérénice de sa nouvelle femme. Bérénice avait toujours refusé la moindre pension alimentaire.

– Le père de Bébé était dur à vivre. Pas beaucoup là, effectivement. Mais quand il était là, on ne pouvait pas ne pas s'en apercevoir Je ne sais pas si les enfants n'étaient pas un peu déboussolés par tout ça. Bébé ne vous a pas raconté ce qui m'était arrivé ?

– Non, quoi ?

– C'est une chose assez drôle. Je ne devrais pas vous dire ça. Il y a quelques années, j'ai repris l'appartement de Richard, après son départ pour la Californie. Pendant des mois.

j'ai continué à recevoir par la poste des revues masculines hard, des trucs avec des clous, des animaux. C'est comme ça que j'ai appris. J'étais bien embêtée. Je n'allais quand même pas lui faire suivre ces horreurs.

– Mais qui est ce Richard ?

– Son frère, voyons. Vous ne saviez pas que Bébé avait un frère ?

– Elle ne m'a jamais rien dit.

– Il vit aux Etats-Unis. Je crois qu'il s'occupe de vin dans la Napa Valley.

Bérénice mit un disque, un vieux 33 tours. Sur la pochette, je lus : « Concerto pour clarinette en *la,* K. 622 ». J'ai retenu la référence par cœur.

– Vous devriez emmener Bébé quelque part. Elle a besoin de changer d'air.

Elle n'est pas souffrante, au moins ?

– Non, non. J'ai une autre maison au Cap-Ferret. Je vous la prête. Bébé n'y est jamais allée. Ça lui plaira. Foncez.

La trappe s'ouvrit au-dessus de nous. Bébé redescendit par l'échelle. Ses pieds cherchaient prudemment les barreaux. Elle s'était changée.

Ses cheveux étaient tirés en arrière, noués en chignon.

– Je suis restée trop longtemps dans le bain. J'ai des doigts de noyée.

Elle tendait ses mains, paumes en l'air. La peau était blanchâtre, fripée.

– Café ? dit Bérénice. Il y en a.

– Je ne dis pas non, fit Bébé.

– Si on écrivait des cartes postales ? dis-je.

– A qui ? fit Bébé.

– C'est vrai, ça, dit Bérénice. A qui ?

La villa était au bout d'une langue de terre. Cette partie du Cap-Ferret s'appelait Les 44-Hectares. Côté mer, il y avait une véranda. De l'autre, c'était un jardin envahi par les mauvaises herbes. La femme de ménage était venue ouvrir la maison. Quelques marches menaient à la plage. Des rouleaux s'écrasaient mollement sur le sable, presque à contrecœur. Dans le salon, le canapé était recouvert d'un patchwork représentant des animaux. Le plancher était frotté au savon. Des photos sépia étaient encadrées sur les murs. Une pipe attendait dans un cendrier. Sur le buffet, rien qu'une chaîne hi-fi et un flacon d'ambre solaire entamé. Une balle en mousse gisait sous un radiateur. Un enfant l'avait oubliée là. Dans l'entrée, des cirés jaunes pendaient à un portemanteau. Des bottes en caoutchouc étaient alignées sur le carrelage, par ordre de taille. Une paire de jumelles était accrochée à un clou. Une épuisette était plantée dans le porte-parapluies. Bébé frissonna. La cuisine était au fond du couloir, à gauche. Bébé ouvrit les placards un par un. Dans une boîte rouge, elle finit par mettre la main sur du café.

En s'allumant, le gaz émit un petit plop. Je m'assis à table avec les journaux que j'avais apportés de Paris. Dans *Le Monde*, je cochai l'adresse d'un hôtel à Londres où il faudrait emmener Bébé. Elle découpa le quatre-quarts en tranches.

– Elle fait quoi, au juste, Bérénice ?

– De la banque. Ou de l'informatique. Je ne sais plus. Un truc fabuleusement mortel, en tout cas. Pourquoi ?

– Pour savoir. J'aime bien savoir chez qui je suis.

Elle apporta la cafetière et remplit deux tasses. La vapeur montait en faisant de savantes contorsions. Elle s'assit en face de moi, croisa les jambes et mordit dans une tranche de gâteau. Des miettes restèrent collées à son rouge à lèvres. Il y eut beaucoup de regards échangés. Je fixai ses yeux si sombres. Elle était Nicole Diver, Anna Karénine, elle était Pauline de Théus. Ces noms n'auraient sans doute rien dit à Bébé. J'aimais résolument, radicalement, définitivement la façon qu'elle avait d'entrouvrir ses lèvres pour boire son café.

Bébé alla prendre une douche au premier. Elle descendit avec les cheveux mouillés. Elle était enveloppée dans un peignoir volé à un quatre-étoiles quelconque.

– Vous allez attraper froid.

– Je viens prendre mon séchoir.

Dans le centre, toutes les boutiques étaient fermées, sauf la pâtisserie. La serveuse en blouse rose nous conseilla les crêpes au sucre et le chocolat chaud. Bébé acheta un cake qui mesurait au moins un mètre de long. Sur la promenade, un manège tournait presque à vide. Une petite fille solitaire sur un cheval de bois essayait d'attraper le pompon. Le propriétaire du manège la laissait tout le temps gagner. Nous sommes revenus à pied. Le sol était jonché de coquilles d'huîtres.

Dans cette maison, tous les meubles étaient des meubles de bateau. Beaucoup de cuivre et de bois brun. Tous ces jours-là, le temps s'était moqué des présentateurs de météo, avait déjoué leurs prévisions. Le soleil et la pluie arrivaient sans prévenir. L'après-midi, les nuages avaient été nombreux. Nous avons dîné dehors, sous la véranda. Bébé craignait un peu le retour de l'orage. J'examinai le ciel. Les étoiles apparaissaient une à une au-dessus de nous. J'admirai la plage à marée basse, cette lumière parfaite. Le plan de Bébé était précis : huîtres et champagne.

– Qu'est-ce qu'on fête ? dis-je.

La petite Française craquait des allumettes. Elle fumait moins qu'à Paris.

– Rien. J'aime les maisons des autres quand

ils ne sont pas là. Il n'y a que là que je me sens chez moi.

La lune était à un mètre de son oreille gauche. Dehors, la haie avait besoin d'être taillée. La peinture des volets s'écaillait. Sur la pelouse, une tondeuse à gazon était en train de rouiller. A droite de la maison, il y avait un hangar à bateaux. Bébé pesta soudain. Il lui tardait de prendre de vrais bains de soleil.

– On parle toujours de micro-climat, mais moi, chaque fois que je suis venue sur l'Océan, il a fait un temps complètement détestable.

Le champagne était fini. J'ouvris une bouteille d'entre-deux-mers qui nous parut un peu fade.

– Ça va ?

– Très bien !

La chambre avait des murs bleus. Des rideaux en lin bouchaient les fenêtres. Un tableau avec des chevaux était accroché de part et d'autre du lit. Des livres se serraient sur une étagère. Le tapis s'effilochait sur un de ses côtés. Bébé s'assit au bout du lit et envoya promener ses chaussures. J'étais déjà couché, le dos appuyé sur l'oreiller contre les barreaux en cuivre. Il y avait un miroir sur la coiffeuse. Bébé défit sa jupe, la posa sur le dossier d'une chaise, déboutonna sa chemise. Elle se passa une brosse dans les cheveux. J'avais enfilé un tee-shirt qui n'avait pas été repassé. J'aurais dû penser à emporter un pyjama, mais Bébé avait tenu à s'occuper des valises. Elle finit de se déshabiller et s'allongea sur le lit. Les draps étaient glacés. Elle me pria de la réchauffer. Sa peau était si douce qu'un ongle aurait suffi à la déchirer. Nous ne nous sommes même pas aperçus que nous nous endormions.

En pleine nuit, il y eut un bruit en bas. Bébé me secoua.

– Qu'est-ce que c'est ?

– Le vent ?

Nous avons tendu l'oreille, puis nous nous sommes rendormis. Nous fûmes réveillés par le cri d'un oiseau qui semblait avoir appris à imiter la sonnerie d'un radio-réveil.

– Dites, je n'ai pas ronflé, au moins ?

Mon sourire lui indiqua que non.

– Entrez.

Bébé avait frappé. Elle ouvrit la porte, pencha le haut de son corps dans l'entrebâillement. Je venais de terminer une nouvelle. Je rangeais mes feuilles.

– Lisez-la-moi. Oh, si ! lisez-la-moi.

Très peu d'écrivains sont capables de résister à une telle requête. Je ne valais pas mieux que les autres. Je bus un verre d'eau et m'installai dans un fauteuil. C'était une histoire d'actrice et de ministre. Je m'entendais lire. Ma voix tremblait de contentement. Tout en lisant, je jetais de petits coups d'œil furtifs à Bébé. Elle s'agitait, remuait des bouts de cigarette dans un cendrier, contemplait obstinément ses ongles. Elle n'avait pas l'air d'écouter du tout. En moi se mêlaient colère et vanité. Je continuai en plaçant ma voix. J'eus bientôt fini.

– C'est ça, la fin ? C'est très bien. Si, si, c'est vraiment très bien.

Elle se dirigea vers la porte. Avant de la refermer, elle se tourna vers moi et dit ·

– Vous savez, je l'ai lu, votre livre.

Le déjeuner fut expédié. Pas de dessert. Bébé rinça les assiettes sous le robinet avant de les ranger dans le lave-vaisselle.

Elle vida le cendrier dans la poubelle.

– Moi, je vais faire une petite sieste.

– Seule ?

Le téléphone sonna et je criai à Bébé :

– Je n'y suis pour personne !

C'était pour elle. Au Cap-Ferret, les coups de fil étaient toujours pour elle.

– Vous ne trouvez pas qu'on dort bien, ici ?

C'était l'heure du goûter. Bébé fit griller du pain et parcourut les pages sportives de *Sud-Ouest*. Il y avait un article sur le dopage. Je lisais un roman de Joan Didion qui se passait à Hollywood et qui n'avait pas encore été traduit. Bébé contourna la table et posa une main sur mon épaule.

– Toujours en train de lire ? Moi, je ne lis qu'en vacances.

– Mais vous êtes toujours en vacances !

– Oh, vous ! Ça va, hein !

J'abandonnai mon livre et la rejoignis devant la baie vitrée. Elle regardait dehors en fumant une cigarette. Elle se tenait très droite. Elle était fière, sûre d'elle, unique. Les vagues étaient rondes. Bébé alluma les lampes.

Nous marchions dans de la boue durcie. Le soleil, qui n'avait pas compris qu'on était déjà au printemps, persistait à se cacher. L'air se fit plus mordant. Dans le ciel, les nuages étaient pleins de bourrelets.

– Ça serait bien qu'il y ait une tempête, dit Bébé.

La plage s'étendait devant nous. Les maisons de bois qui la bordaient étaient masquées par les arbres. Des poteaux couverts de mousse se dressaient dans le sable humide. Nous nous sommes assis, sans parler. Je me suis allongé sur le dos. La lumière était un peu aveuglante.

Sur le chemin du retour, il se passa quelque chose. Nous entendîmes le son d'une radio, quelque part derrière la dune.

– Qu'est-ce que c'est que cette musique ? dit Bébé.

Une voix féminine s'élevait dans les airs. C'était un opéra. Je vis soudain la petite Française escalader la dune. Elle disparut. Je grimpai à mon tour. De là-haut, je découvris Bébé sur le seuil d'une villa, en conversation avec une femme à catogan. La musique continuait à baigner tout le paysage, le sable, les pins, les nuages. La porte se referma sur le catogan. Bébé revint vers moi avec un sourire victorieux.

– Ça y est, je sais ce que c'est.

– Vous avez dérangé cette dame pour ça ?

Elle refusa de me dire le titre du morceau. Elle fredonnait l'air. Je l'avais déjà entendu dans un film, mais lequel ?

Un dériveur cabotait sur le bassin. Sur la gauche, un couple s'avançait à la lisière des vagues. Ils étaient bronzés. A chaque pas, l'homme soulevait des gerbes de sable. Ils se tenaient par la main. Plus exactement, ils se sont lâché la main quand ils ont vu que nous les observions.

– Ennemis à l'horizon, fit Bébé qui n'aimait pas être dérangée.

L'homme avait un chapeau de paille et les cheveux de la femme étaient cachés par un foulard de soie. Il était plus âgé qu'elle. Nous nous sommes arrêtés. Ils sont passés devant nous sans nous voir. La femme dit à l'homme quelque chose qu'il n'entendit pas. Puis il ôta son chapeau et attira la femme contre lui pour un long baiser. Ce fut un baiser absolument parfait. On n'aurait pas pu faire mieux. Même Steve McQueen et Faye Dunaway dans *L'Affaire Thomas Crown* n'auraient pas pu faire mieux. Ce baiser inspirait de la crainte et de l'admiration. Je sus avec certitude que je désirais vieillir comme ça. Partout où nous allions, il y avait un couple auquel j'aurais eu envie que nous ressemblions.

Le vent tourna. Une mouette poussa son cri perçant et piqua à la façon d'un kamikaze. Cela mit fin à ma rêverie. Quelle idiote, cette mouette.

– Et les courses ? dit Bébé qui ne perdait pas le nord.

Le sac des provisions s'était déchiré. Bébé posa les fleurs sur la table de la cuisine. Et le pain de seigle ? On avait oublié le pain pour les fruits de mer.

Nous fîmes du thé. Bébé était pieds nus sur le canapé. Elle replia ses orteils. Elle avait du sable dans ses mocassins. Elle buvait son thé lentement, comme une Anglaise, en tenant sa soucoupe dans l'autre main. Nous nous sommes assoupis l'un contre l'autre, en écoutant la balancelle qui grinçait dans la brise.

La marée était basse. Nous sommes sortis sur la véranda et nous nous sommes accoudés à la balustrade de fer forgé. En face, les lumières d'Arcachon brillaient dans la nuit. Elles avaient l'air d'être terriblement loin.

L'odeur du feu remplissait la pièce. Sur le dessus d'une bûche, de la résine bouillonnait avec un petit bruit crispant.

Je descendis à la cave, muni d'une torche électrique. Je vérifiai les étiquettes avant de choisir un château-l'évangile. Ça serait bien de préparer le dîner en buvant un peu de bordeaux.

Bébé voulut déboucher le vin. Il datait de l'année où elle était née.

Plus tard dans la nuit, Bébé repoussa les couvertures et se rendit sur le balcon. Elle disparut à peu près dans l'obscurité. La lune, que voilaient des nuages, n'éclairait pas assez. Sa voix arriva de nulle part.

– On aura des enfants ?

– Plein, dis-je depuis le lit.

– Promis ?

– Juré.

C'était un drôle de dialogue dans le noir. Je crois que nous n'aurions pas osé nous parler comme ça en plein jour. Bébé revint dans le lit et se serra contre moi. La nuit s'enroula autour de nous.

BÉBÉ était à une séance de photos. Je l'attendis chez elle une bonne partie de l'après-midi. Elle revint plus tôt que prévu.

– Je me suis échappée, dit-elle, je n'en pouvais plus. Vous connaissez quelque chose de plus bête qu'un photographe, vous ?

– Un mannequin.

Elle me balança son ours en peluche à la figure avant de s'enfermer dans la salle de bains. Je mis un disque. Elle revint très vite. Elle s'était changée. Elle était fraîche et gaie.

– Vous m'offrez un verre ? dis-je.

– Servez-vous. Moi, je prendrai un Coca light.

Le taxi se gara devant le théâtre. Le chauffeur n'avait pas de monnaie. Je me dessaisis d'un billet de cent francs et claquai la portière. La pièce affichait complet. Bébé avait laissé ma place au guichet. La caissière me tendit le ticket de mauvaise grâce.

– C'est commencé, monsieur.

L'ouvreuse se leva de son strapontin en maugréant. Je fouillai mes poches à la recherche d'une pièce. Sa lampe balayait la travée. J'obligeai quelques personnes à se lever. Il y eut des soupirs. Je m'assis. La petite Française me boxa l'épaule.

– Qu'est-ce que vous fabriquiez ?

– Chut ! fit une voix derrière.

Sur la scène, une porte s'ouvrit. Un acteur entra. Le public applaudit. Bébé me saisit la main, la glissa sous le pull qu'elle avait plié sur ses genoux. Les fauteuils gémissaient à chaque fois que quelqu'un se tortillait. Je me tournai vers le profil de la petite Française. Elle ne quittait pas le spectacle des yeux. Je n'avais pas osé lui dire que le théâtre avait le don de m'assommer. Enfin l'entracte. Nous allâmes boire le champagne de rigueur. Ça n'était pas une générale. Je ne reconnus aucun journaliste. Autour de nous, les gens disputaient un concours d'adjectifs.

Nous sortîmes sur la petite place quadrillée de platanes. Nous nous sommes assis sur un banc, avec nos verres. Je serais bien allé en chercher deux autres, mais le bar devait être carrément impraticable. Je regardai les cuisses de Bébé. C'étaient des cuisses qui semblaient avoir été inventées pour se croiser dans un délicieux froissement. A une fenêtre, des silhouettes s'apprêtaient à dîner. Je les enviai un peu. La sonnerie retentit. Nous regagnâmes nos places. J'avais faim.

– Vous vous êtes furieusement rasé, non ?

– Furieusement, non. La pièce était, hum, intéressante. On va au restaurant ?

– Ça m'aurait étonnée

– Après, on ira guincher.

– Guincher, qu'est-ce que c'est ?

– Danser. Vous ne savez pas ce que veut dire « guincher » ?

– Guincher... Je le ressortirai.

Dans l'auto, elle me demanda le nom de l'horripilante actrice qui incarnait le rat d'hôtel dans *La Main au collet.*

Rue Princesse, nous trouvâmes une petite table près de la piste. Bébé voulut un Perrier qu'elle but très vite. Je continuai au champagne.

Le disquaire passa un morceau dont la petite Française raffolait. Nous nous agitâmes en cadence. Elle dansait bien, comme si elle n'avait jamais fait que ça toute sa vie. Les hommes la dévisageaient en douce. J'avais envie de me battre, de dire des insultes. A la fin de la chanson, Bébé se pencha vers moi et me dit à l'oreille :

– Vous ne me ferez jamais souffrir, hein ?

Je secouai la tête d'un air scandalisé.

– Promis ?

– Juré.

Il y eut d'autres verres, de nouvelles danses. Il y eut même des slows. La fumée me piquait les yeux. Sur la piste, les femmes fonçaient comme des piranhas.

– Vous n'êtes pas fatigué ?

– Non. Pourquoi ?

Je me dis qu'il serait temps d'avoir un fils. Est-ce que j'aurais envie d'avoir un enfant avec la petite Française ? Nous ne nous quitterions jamais. Est-ce qu'elle va mourir avant moi ? Je veux mourir le premier. Elle fera une veuve superbe. La nuit, je rêvai que j'étranglais une femme. Ça n'était pas un rêve désagréable.

A Monte-Carlo où elle avait été invitée à un tournoi de tennis, un animateur lui avait téléphoné la moitié de la nuit. Il insistait pour la rejoindre dans sa chambre. Il lui avait glissé un mot sous sa porte. J'ai lu le mot. Comment des hommes osent-ils écrire des choses comme ça ?

Sa mère est malade. Gastro-entérite. Bébé a fait une razzia à la pharmacie. Je l'accompagne jusqu'à la rue du Bac. Tout le monde la regardait. Paris était une ville pleine d'yeux. Dans les caniveaux, la neige ne voulait pas fondre. Et je l'embrassai, là, à la station de taxis, et je lui dis que je voulais qu'elle revienne très vite.

Je lui dis de m'appeler de là-bas. Ça serait bien que nous allions déjeuner quelque part. Les visage baissé, elle chercha une autre cigarette dans son sac.

Nous nous disputâmes à propos du moment exact où dans *Le Mépris* Bardot commence à mépriser Piccoli. Est-ce dès qu'il lui dit de monter en voiture avec le producteur ou lorsqu'elle surprend son mari dans la maison en train de consoler Georgia Moll ?

La VW était garée sur un bateau. Je sonnai à l'interphone.

– Bon, je descends, dit Bébé.

– A tout de suite.

Elle n'arriva que vingt minutes plus tard. J'étais déjà en train d'injurier une contractuelle.

Bébé ne connaissait pas l'Irlande. Je savais ce qui me restait à faire. Dans l'avion d'Aer Lingus, elle renversa du café sur son blue-jeans. Elle alla se nettoyer dans le réduit qui sert de toilettes. Nous avions quitté la zone de turbulences. Je me dis que ça serait vraiment bête si nous nous écrasions à l'aller. L'appareil amorça sa descente. Le groupe du fond applaudit la manœuvre d'atterrissage. A l'aéroport de Cork, nous louâmes une Ford rouge. L'employé me tendit les clés et un plan. J'ai signé le contrat et nous avons filé. Sur le parking, je laissai la portière ouverte et, dans l'odeur du plastique neuf, j'essayai de couper l'alarme à la lueur du plafonnier. Conduire à gauche ne me posa pas trop de problèmes. Au début, je roulai trop vite, ayant du mal à convertir les miles en kilomètres. L'essuie-glace peinait à balayer des gouttes épaisses comme des crachats. Nous sommes sortis de l'autoroute après une demi-heure. Bébé pencha la tête par la portière et respira le vent et la pluie.

L'hôtel se trouvait au bout d'un chemin de gravier. C'était un petit château du quinzième siècle qui ne figurait pas encore dans les guides. Dans les champs tout autour, des moutons se promenaient paresseusement. Nous nous garâmes sous un arbre au tronc énorme et courûmes jusqu'à la réception. La patronne vérifia que nous étions bien inscrits dans le livre des réservations avant de nous accompagner à l'étage. Sur le palier, une caméριste en tablier amidonné confectionnait un bouquet de pois de senteur. Avec un sourire, elle tendit le vase à Bébé pour que celle-ci puisse humer le parfum des fleurs.

– *Great,* dit Bébé avec un accent parfait.

Les fenêtres de la chambre donnaient sur une rivière.

– Prem ! dit Bébé en se précipitant vers la salle de bains.

J'entendis le jet de la douche. Je m'allongeai sur le lit avec un magazine américain dont j'avais fait l'emplette à Roissy. Il n'y avait rien dedans. Je posai la revue sur la table de nuit et m'approchai de la fenêtre à guillotine. Le temps ne s'était pas arrangé. Le ciel était d'un gris d'acier. Des corbeaux hurlaient dans les branches nues. Sur la pelouse gisaient des maillets de croquet, des boules de bois peintes. Bébé traversa la pièce. Ses bras mouillés m'entourèrent les épaules.

– Cet oiseau, là-bas, qu'est-ce que c'est ?

– Un paon. Enfin, je crois.

Elle m'entraîna vers le lit. Nous l'avons défait. Après, je me rendis compte que les chambres ne fermaient pas à clé.

– Vous les trouvez jolis, mes pieds ? Et mes cuisses, vous les aimez ?

Ses longs doigts caressaient ma joue.

– Vous piquez.

– Je sais.

Je contemplais ce visage si indiscutablement neuf, sa beauté intacte. Ses cils basculèrent. Elle s'endormit. Je pris une douche brûlante et me rasai. Quand je sortis de la salle de bains, Bébé était assise en tailleur sur le lit. Je lui demandai si elle avait rêvé.

Elle se pencha en avant, remonta sa main à plat sur le devant de sa jambe.

– Je ne me rappelle jamais mes rêves.

Nous nous habillâmes avec lenteur, presque avec cérémonie. Bébé m'aida à mettre mes boutons de manchettes. Elle avait une robe écrue toute simple, avec juste une bordure bleu marine. Elle pivota sur elle-même.

– Je meurs de faim.

– Nous sommes partis !

– Attendez, je mets mes chaussures.

Nous descendîmes sans savoir à quelle heure exactement on dînait en Irlande. Dans le hall, la patronne parlait au téléphone. Dans la salle à manger, les serveuses avaient des ensembles noirs à col blanc. Un tablier leur ceignait la taille. C'était charmant, à l'ancienne.

Bébé mangeait trop vite. Pour la première fois, je me demandai si elle ne portait pas des lentilles. Je soulevais mon verre quand elle arrêta mon bras.

– Ne buvez pas autant. Mon père buvait trop. Je dois être la seule à ajouter l'adverbe « trop ». Les gens disaient qu'il buvait, tout court. Quand j'étais petite, je ne me rendais pas compte. Oh, il avait le vin gai. Ça n'était jamais monotone avec lui. Il aurait pu mourir d'une cirrhose du foie, à force. Ça aurait quand même eu une autre allure que tous ces petits crétins qui meurent du sida.

Bébé sortit une cigarette sans attendre le café. Je n'avais pas de feu sur moi. Nous appelâmes le maître d'hôtel. Les verres de ses lunettes étaient si épais qu'ils devaient être à l'épreuve des balles. Il fouilla dans une de ses poches. La boîte d'allumettes était aux armes de la maison.

– Et votre mère ?

– Ma mère !

Elle prononça le mot comme si elle avait eu dans la bouche un bonbon à l'huile de foie de morue. C'était fini. Elle n'en dirait pas plus. Elle ne baissa pas les yeux. Elle avait son visage de guerrière.

A une table près de la fenêtre, une famille entière était en train de déchiqueter un monceau de langoustines. Le père avait une chemise à carreaux rouges qui plut à Bébé. Elle promit de me trouver la même. La mère tapait sur les doigts de ses enfants quand ils se resservaient sans permission. A côté de leur sœur, une gamine dont les traits n'avaient jamais dû offrir la moindre parcelle d'innocence, les deux adolescents n'arrêtaient pas de glousser. Ils parlaient de Bébé. Ça devait être du joli. Je sais ce que c'est, à cet âge, les conversations entre garçons. Le père avait ce teint brique qu'on associe si facilement à l'Irlande, dont on ne sait s'il vient du grand air ou du whiskey.

– Ce sont des Américains. Qu'est-ce que vous pariez ? Les Américaines ont de grosses jambes. Leurs époux rient trop fort dans les endroits publics.

– Le père n'a pas ri une seule fois.

– Attendez, fit Bébé.

Le dessert consista en une glace pralinée. Bébé alluma une nouvelle cigarette.

– *Tomorrow, I stop smoking.*

En quittant la salle à manger, nous entendîmes un gros rire résonner derrière nous.

– Perdu ! dit Bébé.

Bébé me réveilla dans le noir en articulant dans son sommeil :

– Pourtant, mon père était un mari formidable.

Elle avait une drôle de voix. Je crois que c'est cette nuit-là qu'elle parla. J'écoutai sans rien dire. Au début, les mots se bousculaient dans sa bouche. Bébé avait dix ans quand son père était mort dans l'explosion d'un Boeing de la TWA. A l'époque, l'accident avait eu droit aux gros titres des journaux.

Elle adorait son père. Elle en chérissait le souvenir à l'infini. Un hiver, ils étaient partis pour les Caraïbes. Le ski avait manqué à la petite Française. Aux alentours de ses huit ans, elle avait vécu presque seule dans un hôtel new-yorkais. Elle avait sa chambre. Le garçon d'étage, un Italien prénommé Umberto, était chargé de veiller sur elle. Quand elle en avait besoin, le caissier lui donnait en liquide des dollars. Elle s'engouffrait dans la lourde porte à tambour et sautait dans un taxi qui la conduisait au lycée français.

– La plupart des choses n'ont pas de sens, dit la petite Française.

Je savais cela. Elle parlait de plus en plus doucement, comme si ses phrases étaient en train de se noyer. Il y eut quelques instants de silence, puis plus rien. Elle s'était rendormie. Elle ronfla. Cela me toucha, cette respiration de nouveau-né. La pluie avait cessé. En tout cas, on ne l'entendait plus. Je n'arrivais pas à me débarrasser de l'idée que Bébé voulait me dire quelque chose.

– Vous savez ce que c'est que la testostérone ?

– Ce n'était pas le nom d'un chanteur disco ? dis-je.

Elle tendit le bras pour reposer son magazine sur la table de chevet. Toute la journée, j'avais lu une biographie de Keith Richards. Nous n'avions pas bougé de la chambre. Sur la pelouse, les moutons étaient immobiles. La nuit tomba vite. Je me suis dirigé vers le lit. Nous partageâmes des plaisirs extrêmement civilisés. Le mini-bar bourdonnait légèrement. A huit heures et demie, la direction nous appela pour nous informer que le service du dîner allait commencer. Bébé enfila une robe un peu transparente. Je mis une chemise écossaise qu'elle m'avait offerte sous une veste de velours. L'escalier sentait l'eau de Cologne. Bébé se plongea voluptueusement dans l'étude du menu.

– Aujourd'hui, nous avons du pâté maison, dit la serveuse en français.

Dès les hors-d'œuvre, Bébé lorgna le chariot des desserts. Elle réserva une part de crumble à la rhubarbe. Je me rabattis sur la fameuse glace aux amandes. Nous allâmes finir nos irish coffees dans le petit salon. Un feu de tourbe flambait dans l'âtre. Les canapés étaient du même blanc cassé que les couvertures Gallimard. Eclairés par des lampes en laiton, les tableaux représentaient des dresseurs de faucons en habits chamarrés. Bébé toussa, le poing serré devant sa bouche. Je ne le lui dis pas, mais ce soir-là je me promis de revenir un jour ici avec elle.

Je ne sais pas ce qui me passa par la tête, car je lui demandai :

– Vous ne mentez jamais ?

– Moi ? s'indigna-t-elle. Jamais !

La crème fraîche lui dessinait une moustache blanche sur la lèvre supérieure. Elle s'essuya avec le dos de la main, comme un conscrit qui vient de terminer sa bière.

– Nous n'avons pas toujours été riches, vous savez. Quand j'étais petite, j'ai passé toutes mes vacances dans une grande maison, un peu comme celle-ci, à côté de la mer. Elle appartenait à la famille de mon père. Il fallait traverser des couloirs immenses pour atteindre l'unique salle de bains. Nous vivions dans plusieurs centaines de mètres carrés, mais nous n'avions pas un sou pour acheter des meubles. Il y en avait même si peu que lorsque mes parents recevaient des amis, tout le monde était obligé d'emporter sa chaise quand nous passions du salon à la salle à manger et vice versa. On n'avait pas encore installé le chauffage central. La cheminée dévorait des tonnes de bois. Après, les choses sont allées mieux. Il y avait des semaines où il y avait un tas de cousins. Une gouvernante régentait tout. Elle avait une canne et un chignon. Elle nous terrifiait. Je me souviens qu'elle écrasait les araignées avec son pouce. Elle faisait des crêpes et de la tarte à l'oignon. Un été, j'ai eu les oreillons. Je suis restée dans ma chambre, au premier, à regarder les autres jouer dans le parc. On ne les a jamais revus. Je ne sais pas pourquoi. Peut-être que ma mère s'est fâchée avec eux. Ma mère se fâche avec un peu tout le monde. On voyait des gens sans arrêt et tout d'un coup, hop, fini, ils étaient remplacés par d'autres. Maintenant, elle ne voit plus personne. Je n'ai jamais compris pourquoi mon père avait vendu cette maison.

– C'était où ?

Nous fîmes une partie d'échecs. Bébé gagna encore.

Le lendemain, la réception nous a prêté des vélos. Nous pédalions comme des fous sur nos Raleigh. Les bicyclettes n'avaient pas d'antivol. Je faisais le sportif. Bébé n'arrivait pas à suivre. Je l'attendais aux intersections, un pied à terre. Des panneaux peints en blanc indiquaient la direction. Il devait y avoir une dizaine de kilomètres jusqu'à la mer. Nous avons parcouru des miles et des miles. La route était toute rapiécée. Il y avait des heures où nous ne croisions personne. Aux carrefours, j'oubliais régulièrement où étaient ma droite et ma gauche. Nous parvînmes en haut d'une côte, aussi essoufflés l'un que l'autre. Bébé avait noué un foulard à la pirate dans ses cheveux. En bas, c'était la mer. Chaque fois que nous tombions sur une voiture, le conducteur nous adressait un petit signe des doigts, sans ôter la main de son volant. Le vent gonflait nos imperméables comme des parachutes.

Nous descendîmes en roue libre. La petite Française zigzaguait sur la chaussée. Derrière un portail, un chien noir aboya. Il s'arc-boutait contre les barreaux en hurlant. C'était un monstre, deux mètres de haut, un bas-rouge je crois.

– Le chien des Baskerville ! cria Bébé, à moitié morte de trouille.

Nous avons tourné à droite. C'était la plage. Au bout de l'allée, l'hôtel était fermé. Les murs auraient eu besoin d'une couche de peinture. Sur le toit, quelques ardoises avaient été arrachées. Plus loin, des bateaux de pêche étaient rangés contre une jetée. Leurs fanions multicolores claquaient dans les rafales.

Bébé traça les lettres de mon prénom dans le sable mouillé. Il ne s'écoula pas vingt secondes avant qu'une vague plus forte que les autres n'efface tout. Bébé se tourna vers moi :

– Il neige, en Irlande ?

Bébé avait oublié ses pilules contraceptives. A la pharmacie on la mit presque à la porte.

L'Irlande est un pays férocement catholique. Nous avions négligé ce détail. Il fallut faire attention. Les jours finissaient aussi vite qu'ils étaient arrivés.

IL me sembla que nous n'arriverions jamais. Les essuie-glaces ramaient dans des paquets d'eau. A côté de moi, la petite Française décryptait une carte Michelin de la Normandie. La campagne était plus laide que jamais.

– C'est par ici. Je vous assure que c'est par ici.

Une embardée, et je stoppai sur le bas-côté. Nous avions parcouru des centaines de kilomètres. Bébé était nostalgique. Enfin, nous trouvâmes. C'était, dans une vallée, un village que jouxtait désormais une centrale atomique. Sur des grillages, des dessins en forme d'hélice dissuadaient les promeneurs. Je ralentis devant une bâtisse en brique. C'était ça. Le château où elle avait passé toutes ses vacances avait été transformé en hôtel. Les dîners étaient servis dans la chapelle.

– Vous voulez qu'on prenne une chambre ?

La nuit approchait. Bébé hésita. Elle remonta sa vitre et dit :

– Trop déprimant. Allons ailleurs.

Debout sur le seuil, une fille en tablier nous regarda démarrer. Des fous, se disait-elle. La pluie avait cessé.

– Est-ce que vous m'apprendrez à conduire ?

– Vous ne savez pas ? Je pensais qu'il n'y avait plus personne aujourd'hui pour ne pas savoir conduire.

Bébé sourit joyeusement. Au bout de trois kilomètres, je trouvai ce que je cherchais : un chemin de terre qui coupait des champs de maïs. Je fis le tour de la voiture et dis à Bébé de prendre le volant. Elle se faufila sur le siège de gauche. Mettre le contact, cela, elle sut le faire. Elle cala plusieurs fois. La voiture faisait des petits bonds asthmatiques. Bébé réussit à enclencher la seconde. La Coccinelle avançait lentement, avec une sorte de mépris.

Ce n'était pas encore ça. Bébé en eut très vite assez. Elle regagna sa place, cala les genoux contre le tableau de bord et tourna la tête vers la droite. Elle s'était réfugiée dans une indifférence de béton. Peu après, elle abaissa sa vitre pour jeter son mégot. Il y eut une bouffée d'air froid. De petits chiffres rouges brillaient sur le cadran de la radio. J'avais allumé les feux de position en démarrant. Maintenant la nuit était vraiment là, il fallait mettre les codes.

Nous avons dormi en bord de mer, dans un hôtel moderne où au moins l'on était sûr que personne n'avait de souvenirs d'enfance. Je me réveillai à quatre heures du matin. Assise devant un programme de clips sans le son, Bébé ne dormait pas non plus.

– Si on rentrait à Paris ?

Elle ne demandait pas mieux. Nous avons filé sans alerter le gardien qui somnolait sur un canapé dans le hall. Ils se débrouilleraient : ils avaient l'empreinte de mon American Express.

Nous avons fait le plein dans une station-service où nous avons bu un café sans goût. Nous étions réveillés pour de bon. Bébé a écrasé son mégot au fond du gobelet en plastique.

– Demain, j'arrête de fumer.

Nous mîmes deux heures pour regagner Paris. Nous nous sommes couchés tout de suite et nous avons passé la journée au lit, à dormir à moitié. Le répondeur enregistrait des messages que nous n'écoutions pas.

J'ai garé la voiture à moitié dans le fossé. Clouée contre un platane, une flèche portait le titre du film. C'était par là. J'ai suivi un chemin de terre qui commençait à devenir boueux. Je sautais pour éviter les flaques en regrettant de ne pas avoir pris de bottes. Ces Clarks en daim allaient être fichues.

La grille était ouverte. Dans la cour, le gravier s'enfonçait sous les pas. C'était un petit château, dans les beiges, dans les roses. Ils en étaient au dernier jour de tournage. Derrière le bâtiment un champ avait été transformé en parking. Une camionnette grise servait de cantine. Des câbles couraient sur le sol. Il y avait des gens un peu partout et tous avaient l'air d'attendre quelque chose. A l'intérieur, on refaisait la scène du bal. Le film était en costumes. Des caisses métalliques encombraient le couloir menant au salon.

Bébé avait accepté un petit rôle pour remplacer une de ses amies. Ce qui l'amusait, c'est qu'on ne verrait pas son visage à l'écran. Il s'agissait d'un bal masqué.

La porte à double battant était ouverte. Un assistant en blouson de cuir barra ses lèvres pour m'indiquer de ne pas faire de bruit. La salle était éclairée comme en plein jour. Des pétales de roses tombaient du plafond. Les projecteurs tendaient leur cou au-dessus de la foule. Une musique – du clavecin – venait de quelque part vers le fond. Il y eut une pause. On ôta ses masques. Les figurants enfilèrent des anoraks par-dessus leurs habits d'époque. Des gobelets de café circulaient de main en main. Le metteur en scène était assis derrière une sorte de moniteur sur lequel les images qu'il venait de tourner défilaient en noir et blanc. Je ne repérais toujours pas la petite Française.

– On ne vous a pas donné de café ?

Elle avait une robe jaune à broderies. On lui avait dessiné une mouche sur la joue. La poudre blanchissait son teint. Elle tenait sous le bras une invraisemblable perruque en forme de pyramide aztèque. Elle but une gorgée de café et soupira :

– Première et dernière fois que je fais ça. Vous ne pouvez pas savoir comme c'est la barbe. On attend, on attend et on refait toujours les mêmes choses.

Je lui dis que sa robe lui allait bien.

– N'est-ce pas ? J'aurais dû naître au dix-huitième siècle.

Le régisseur battit dans ses mains. Bébé y alla à reculons. La pause était terminée.

– Vous m'attendez, hein ? Surtout, ne partez pas sans moi.

Les anoraks s'entassèrent dans une pièce voisine. Chacun se remit en place. Les masques revinrent sur les visages. La musique s'éleva, la même que tout à l'heure. Les danseurs recommencèrent leurs mouvements. On avait balayé les pétales sur le parquet. Les couples dansaient une danse démodée, oubliée. L'un des hommes devait glisser, se retrouver par terre et déclencher l'hilarité générale. Alors, le type arrachait son masque et clamait son nom.

La prise fut la bonne. Bébé se rua sur moi. Je saisis son bras nu.

– Dites, cette fille, ce n'est pas...

– Si, dit Bébé. Je vous interdis de la regarder. Ne bougez pas, je reviens.

N'empêche, j'aurais bien aimé que l'actrice en question décroche le rôle principal d'*Une vieille maîtresse*. Il faudrait que j'en parle à mon réalisateur.

Les comédiens qui sur l'affiche auraient leur nom au-dessus du titre avaient droit à un fauteuil de toile pliant. Des maquilleurs leur tapotaient le front avec des cotons humides.

– Je brille, non ? je brille ? demandait avec anxiété celui qui avait un début de calvitie.

Des valets en livrée écoutaient des tubes grunge sur leur walkman.

– Moteur ! gueula une voix.

Accroupie, la journaliste d'un hebdomadaire féminin interviewait l'actrice. La script traçait vigoureusement des trucs dans son classeur. L'actrice fit un petit geste et réclama un sandwich au tartare de saumon.

– Pas au saumon fumé, je vous en prie, au

tartare de saumon. Vous ne me ferez pas le coup deux fois.

Le réalisateur fit signe à son assistant de ne pas s'inquiéter. Ce n'était rien.

Le silence revint. Ce n'était pas plus mal que le film se situe dans le passé. Avec les danses modernes, Bébé aurait été obligée de serrer son partenaire de trop près à mon goût.

– Ça y est, dit Bébé.

Elle avait récupéré sa tenue de ville. Elle se débarbouilla dans les anciennes écuries qui faisaient office de loges. Sous la tente, la table était déjà mise. Il y avait du poulet et des haricots verts. Le vin était servi dans des verres en Pyrex. Le metteur en scène espérait que le film serait prêt pour Cannes.

Voilà. C'était fini. Il y eut une photo de groupe dans la cour. L'équipe croisait les bras pour se réchauffer. Le malheureux photographe avait du mal à attirer l'attention de tout le monde. Les gens n'en pouvaient plus. On n'avait pas arrêté de leur dire quoi faire. Le metteur en scène bougea la tête. La vedette masculine sourit pile au moment où le flash se déclencha. L'actrice avait refusé de venir. Bébé était au premier rang, son sac de toile à ses pieds.

– Merci, les enfants. Merci à tous, fit le réalisateur en écartant les bras en ce qui aurait pu être interprété comme un salut.

A l'étage, les propriétaires surveillaient toute l'opération à travers les carreaux des fenêtres à croisillons.

Bébé tourna le rétroviseur de son côté. Elle pinçait les lèvres pour étaler le rose de son bâton. Je concentrai toute mon attention sur la route.

– Vous faites la tête ? dit-elle en refermant son tube.

– Non, non.

– Ça n'est pas joli de bouder.

Elle lut pendant tout le trajet. Elle pouvait lire en voiture sans avoir mal au cœur.

Quand nous sommes entrés dans Paris, la nuit était déjà tombée. Nous avons dîné dans un restaurant du neuvième arrondissement dont la carte venait de changer. Bébé laissa les légumes verts dans son assiette, comme font les enfants.

A un feu, nous nous sommes arrêtés à côté d'une Mercedes. Un couple était en train de se disputer. Lui tapait furieusement sur le volant. La femme pleurait.

– Vous avez vu ça, dis-je. Un an de mariage, et puis...

– Démarrez ! Je les connais.

J'enfonçai la pédale de l'accélérateur. Pour le lendemain, Bébé suggéra une virée en Anjou. Normalement, j'aurais dû refuser. J'avais des rendez-vous pour le journal. Elle m'épuisait. Cette fille, il fallait lancer dans la vie comme un bateau.

Nouvelle lubie, Bébé s'était mis en tête de déménager. Nous montions et descendions des escaliers derrière des agents immobiliers en blazer bleu et pantalon gris. Nous visitâmes beaucoup d'appartements. La notion de « Refait neuf » était toute relative.

Il y eut cette maison dans la forêt de Rambouillet. Elle était à louer à l'année. Nous avons poussé un portail. Dans le jardin, l'herbe n'avait pas été coupée depuis des mois. Une dame en tailleur saumon nous accueillit au rez-de-chaussée. C'était la campagne. Je vis des week-ends prolongés, des feux de bois, des enfants qui tirent à l'arc.

Sur les murs se découpaient des rectangles plus blancs, aux endroits où les anciens occupants avaient accroché des tableaux. Ils n'avaient pas enlevé les crochets X dorés. Les poutres étaient enduites de brou de noix. Dans un coin, on avait entassé de vieux journaux, tout jaunis, fragiles comme de très fines biscottes.

– Et la cheminée ? dit Bébé.

– Elle marche. Il n'y a qu'à la faire ramoner.

La plomberie faisait un raffut pas possible. Quand on ouvrait le robinet de la baignoire, les tuyaux émettaient une longue plainte déchirante. On entendait aussi quelque part dans les parois ou dans le plafond comme des coups sourds de marteau. Je vis des factures d'artisans locaux, un camion de déménagement garé dans l'allée, une pendaison de crémaillère.

– Au grenier, ils avaient installé un ping-pong.

La place ne manquait pas. Dehors, contre

une palissade, une niche peinte en bleu pâle. La piscine dormait sous sa bâche verte. Un ruisseau coulait au fond du jardin. Bébé demanda si on pouvait y pêcher des écrevisses. La dame gonfla les joues en signe d'ignorance. Evidemment, il faudrait effectuer quelques travaux. Le locataire précédent était en prison. Désormais, le propriétaire se méfiait. Je notai le numéro de l'agence sur un bout de papier.

– Pour le prix, vous ne trouverez mieux nulle part, dit le tailleur saumon.

La petite Française s'envola pour Biarritz. Toujours sa mère. Cette dernière suivait une cure de thalassothérapie. Elle avait encore remanié son testament.

Le jour de son retour, Bébé dormit plusieurs heures. Je la réveillai en lui téléphonant.

– Qui est à l'appareil ? dit-elle.

– C'est moi.

– Vous m'appelez d'où, là ? Quelle heure est-il ?

Je le lui dis. La nuit était presque là.

– Montez.

La porte était ouverte. Je n'eus qu'à la pousser. Elle partait trois jours et quand elle revenait, elle devenait une étrangère. Il fallait presque recommencer de zéro.

– Content de me voir ?

– Très. Vous avez une belle tête.

– Toujours, quand je dors l'après-midi. La sieste, voilà le secret. Dites, comment je m'habille pour votre sauterie, là ?

– Petite robe noire, point à la ligne.

– Rue Gustave-Doré. Vous savez où c'est, vous ?

– Dans le dix-septième, dit la petite Française.

Elle n'avait pas son permis, mais à force de prendre des taxis elle avait fini par connaître Paris.

A Montparnasse, les enseignes lumineuses déclinaient dans le désordre leur alphabet multicolore. Dans l'ascenseur, la petite Française ne dit pas un mot. Elle était peu douée pour rester seule avec quelqu'un dans un ascenseur. Elle passa la langue dans sa joue, puis tira nerveusement une bouffée de sa cigarette.

A table, Bébé estima qu'il n'y avait que des vieux. Son voisin de droite partait pour Madagascar.

– Qu'est-ce que vous allez faire à Madagascar ? Il n'y a rien à faire à Madagascar.

Après, j'eus droit à une scène dans la voiture. J'avais fait un compliment à cette comédienne.

– Comment pouvez-vous faire ça ?

– De quoi parlez-vous ?

– Vous savez bien que cette femme ne vaut rien. Pourquoi lui dire que vous avez aimé son film ?

Mon réalisateur me fixa rendez-vous dans un café proche des Invalides. Comme d'habitude, il était déjà là quand j'arrivai. Il avait quelque chose à me dire. Il ne s'agissait pas d'une bonne nouvelle. Il tripotait sa bouteille de Perrier. Le scénario n'avait pas obtenu l'Avance sur recettes. Le film ne se ferait pas. Il avait l'air ennuyé pour moi. Il n'y avait pas de quoi. Le producteur avait été très correct. Nous avions été payés rubis sur l'ongle. Mes débuts dans le cinéma n'étaient pas une réussite. Mon réalisateur toussa. Les bulles du Perrier escaladaient les parois de son verre. Il avait cessé de boire. Il s'excusa pour aller téléphoner au sous-sol. Il remonta et commanda une bière sans alcool. Sa veste avait des pièces de cuir aux coudes. Sur le trottoir, il héla un taxi en maraude. Le vent fit voler une longue mèche de ses cheveux gris. Il ressemblait soudain à un enfant désemparé. La ceinture de son imperméable était coincée dans la portière. Le taxi démarra avant que j'aie eu le temps de frapper à la vitre arrière.

– Vous voulez un thé ? Du café ?

– Du café, ça ira.

L'infirmière m'apporta un gobelet fumant. Je ne sais pas ce qui m'avait pris. Devant l'église, une dame en blouse blanche m'avait abordé et demandé si je ne voulais pas donner mon sang. Qu'est-ce que je pouvais faire d'autre ? Je cherchai un prétexte pour me défiler.

– Mais j'ai déjà pris mon petit déjeuner.

– Ça n'est pas grave. Au contraire.

Nous sommes montés dans un camion par l'arrière. Je me suis assis dans un fauteuil de Skaï. J'ai juré sur l'honneur que je n'étais pas homosexuel, que je ne me droguais pas, que je n'avais pas de rapports avec des prostituées. On m'a planté une aiguille dans le bras droit. Je serrai dans mon poing un morceau de caoutchouc bleu. Le petit sac de plastique se remplissait de sang. Il tressautait sur son support, pour éviter la coagulation.

Maintenant, je me sentais un peu à plat.

On m'appliqua un coton à l'endroit de la piqûre. Cela faisait comme un petit coussin au creux du bras.

– Surtout, ne pliez pas le bras pendant dix minutes.

Je rentrai à l'hôtel en ayant oublié de prendre les journaux. C'était un samedi, dans les Yvelines, vers la fin mai. Un soleil de printemps réchauffait la terre. Il y avait déjà des feuilles.

– Qu'est-ce que vous avez ? Vous êtes pâle comme un linge.

Nous avons déjeuné dans une auberge recommandée par le Gault-Millau.

– Mais nous ne faisons rien de mal, dit Bébé.

– Je ne sais pas. J'ai un peu l'impression d'être un type qui invite sa secrétaire en douce. Ah, ce dégoûtant, cet enivrant parfum d'adultère ! Vous ne voyez pas combien tout cela sent l'illicite ?

– Vous n'êtes pas bien. Désormais, je vous interdis de donner votre sang. Ça ne vous réussit pas.

Les raviolis de poisson baignaient dans une sauce au crabe. Les nappes étaient blanches et empesées. Des hommes d'affaires choisissaient le menu gastronomique. Ils levèrent leurs cocktails maison et trinquèrent. Le patron fit le tour de sa salle. Il avait une veste blanche de cuisinier et, aux pieds, des Weston modèle chasse.

– On ne s'embête pas, dit Bébé qui avait l'œil à tout.

Au journal, on ne me confie plus que des missions subalternes. Là-bas, tout le monde se tient à carreau. Le rachat se précise. Plus personne n'ose parler de clause de conscience. Partir ? Pour aller où ? On me propose d'interviewer des stylistes, des gardiens de but, d'anciens prix Goncourt. Je serre des mains et j'appuie sur la touche « Record ». La secrétaire décrypte les bandes. Pour la peine, je lui offre des marrons glacés. Les articles sont coupés à mort par la maquette. Les éditeurs, au moins, vous supplient toujours de faire un peu plus long.

– Et les bébés ?

– Quoi, les bébés ?

– Quand on en aura, on continuera à faire des choses ?

– Plein.

– Dites-moi lesquelles.

– Traverser les Etats-Unis en Greyhound, par exemple, se baigner à l'aube dans la fontaine de Trevi, passer une nuit dans la maison de Victor Hugo à Guernesey.

Rue de Courcelles, elle tint à me montrer la fameuse pagode. Modiano la décrivait dans un de ses livres. Le trottoir était en pente. Une boutique de vêtements anglais venait d'ouvrir à un angle, à côté d'un fleuriste. Soudain, Bébé traversa. Elle m'attrapa la main et entra dans un hôtel deux-étoiles.

Personne à la réception. Bébé appuya sur la sonnette du comptoir. Un type qui ressemblait à Karl Malden dans *Les Sept mercenaires* émergea par la porte du fond. Visiblement, nous l'avions dérangé en pleine sieste. Son tee-shirt était maculé de sauce tomate.

– Vous désirez ? fit-il en reniflant.

– Une chambre, dit Bébé. Avec un grand lit.

– Vous n'avez pas de bagages ?

Je croyais que cette réplique n'existait qu'au cinéma.

– Non, dit Bébé. On n'en a pas pour longtemps.

Nous payâmes d'avance. Il me tendit une

clé qui pendait à une lourde étoile dorée sur laquelle était gravé un sept.

– Troisième. A gauche en sortant de l'ascenseur !

Sur ce, les vacances. Encore des vacances. Avec elle, il fallait toujours s'enfuir. Nous atterrîmes de nuit. En sortant de l'avion, tout était différent. Même les étoiles avaient l'air d'être étrangères. Bébé avait jeté son dévolu sur une île au large de Rome. Nous logions dans une maison appartenant à un sculpteur. Chaque nuit, du plâtre se détachait des murs. Nous avons loué une petite Jeep vert bouteille. Les premiers jours, nous eûmes du mal à nous habituer. Paris était toujours là, entre nous. Il y avait une boîte de nuit en plein air. La piste s'avançait sur les rochers. Bébé dansait avec patience et acharnement. Pour elle, cette activité s'apparentait à la construction d'une cathédrale.

Un matin, un lézard vert est entré dans la salle à manger. Bébé sauta sur la table en poussant un cri. Je chassai la bestiole à coups de club de golf. Avec la queue, elle devait mesurer près d'un mètre. Elle était d'un vert presque fluorescent. Quand tout fut fini, la petite Française descendit de la table. Elle se mit à rire. En riant, elle plissait le nez et ses yeux paraissaient minuscules. Avant de partir pour la plage, je vérifiai qu'il n'y avait pas d'animal préhistorique dans les autres pièces.

La nuit, hier, fut très douce. Nous avons dîné dehors. La petite Française avait les genoux nus. Comme ils étaient bronzés et qu'elle était assise, la lumière du soir les faisait briller comme des calots. J'eus envie de les caresser. Elle se gratta le cou en observant un papillon de nuit qui se cognait contre l'abat-jour de la lampe. Son doigt s'arrêta rêveusement sur le grain de beauté qui ornait sa tempe. Elle avait déjà sa peau d'été. Ses cuisses disparaissaient sous sa robe en vichy. Elle broutait les journaux. La chaleur était palpable. Nous étions en nage. Nos ventres faisaient ventouse. Nous écoutions Piaf, silencieux, sur une radio japonaise. La journée n'allait pas finir.

Dans la chambre, nous entendions les vagues et c'était ce bruit qui nous réveillait le matin. Bébé fumait dans son bain en lisant un catalogue de vente par correspondance.

Ce fut bien. Ce fut doux. Elle plongea. Il y eut un petit plouf et l'eau se referma en même temps que le silence. Nous avons nagé jusqu'à ce que le froid nous fasse revenir sur la plage. Là, à moitié somnolents sur nos serviettes, nous nous séchions au soleil. Bébé avait un deux pièces rose avec des ficelles. Un fin duvet parsemait ses bras. Le sel laissait des traces blanches sur sa peau. Elle se trouvait moche. Quand elle était en maillot, elle détestait chaque centimètre carré de son corps. Elle referma son livre d'un coup sec. Le bruit fit s'envoler un oiseau.

Nous déjeunions sous un toit de canisses, en plein midi, à l'heure où le goudron fondait sur la chaussée. Des guêpes venaient tournoyer autour des verres. Nous achetions des espadrilles, des cassettes pour l'autoradio, des romans policiers. Tout cela s'entassait sur la banquette arrière. Nous marchions lentement, en faisant de grands pas, comme des soldats à la parade. Bébé souleva une pierre plate sous laquelle grouillait une tribu de fourmis noires.

– Ça pique, vous croyez ?

– Non, elles sont noires. Les noires ne piquent pas. Dommage : « Attachée nue à un tronc d'arbre, une jeune inconnue a été dévorée vivante par des fourmis rouges », déclamai-je.

– C'est malin !

Dans le lit, la petite Française riait aux éclats en lisant *L'Attrape-cœurs*. Elle en était au passage où un élève lâche un pet durant la distribution des prix. J'avais lu ce livre tellement de fois que les pages se décollaient. Evidemment, si Bébé découvrait Vieux Salinger, mon pauvre roman ne risquait pas de faire le poids. Je rêvai que je commettais des fautes de français pendant une interview à la télévision.

Les derniers jours furent accablants de chaleur. De quoi se plaignait-on ? Nous étions venus pour ça. La pluie, enfin, épaisse et tiède.

La veille du départ, nous allâmes nous coucher très tôt.

– Ne vous endormez pas avant moi, dit Bébé.

J'obéis. Elle ne fut pas longue à trouver le sommeil.

Nous nous éloignâmes de la mer. Nous avions décidé de rentrer en voiture, sans nous presser. Nous roulions toute la journée. On apercevait très peu d'auto-stoppeurs. Il n'y avait presque plus de platanes sur le bord des routes et leurs troncs n'étaient plus badigeonnés de blanc. Les prés jaunissaient. Nous arrivions dans les villes à la nuit tombée Je garais la voiture dans un parking et nous faisions un tour. Nous marchions dans des rues où les boutiques avaient baissé leurs rideaux de fer. Nous dînions de sandwiches dans des cafés dont le patron commençait à retourner les chaises sur les tables. Il y avait des fontaines sur les places, des jardins publics, des allées de marronniers. Les cinémas avaient éteint leurs enseignes. Ils s'appelaient toujours le Rex ou l'ABC.

Bébé acheta la Bible dans une Maison de la Presse.

– On ne sait jamais. Ça peut servir. Vous l'avez lue, vous ?

– Euh, non. Enfin, pas en entier.

– C'est vrai que les journalistes ne terminent jamais les livres.

Dans les hôtels, quand les lits étaient jumeaux, nous les rapprochions pour la nuit. Bébé s'assurait qu'aucun poil n'était fossilisé au fond de la baignoire. Le matin, nous étions réveillés par l'aspirateur dans le couloir. Une cloche sonnait quelque part. Je me brossais les dents torse nu. Dans la glace, je voyais la petite Française prendre son bain à l'envers. Des bulles de mousse éclataient par milliers à la surface de l'eau. Au bout de quelques minutes, il n'en restait plus une seule. J'étais prêt à parier que la petite Française était heureuse. Pour moi, la question ne se posait pas.

Nous fîmes le plein avant d'emprunter l'autoroute. Le pompiste nettoya le pare-brise avec de vigoureux mouvements de l'avant-bras.

Il mettait tellement de cœur à l'ouvrage que toute la voiture vibrait sur ses amortisseurs.

Nous avons traversé un petit bourg dont j'ai oublié le nom. Nous avons dépassé un supermarché, un panneau « Attention école » avec ses silhouettes d'enfants munis de leur cartable. Bébé eut soif. Nous nous arrêtâmes dans une brasserie en face d'un aérodrome désaffecté, à la sortie de Châteauroux. Le sol était en carrelage rouge et blanc. Un routier secouait le flipper. Derrière le comptoir, un jeune homme aux cheveux carotte hocha la tête en nous voyant arriver. Bébé commanda un thé et s'approcha du juke-box. Dans un vivier, des homards se déplaçaient paresseusement. Leurs pinces étaient prisonnières d'un élastique. Une colonne de bulles s'élevait du fond de l'aquarium. Les crustacés avaient l'air épuisés, drogués. Nous écoutâmes « Hey Joe » par Willy DeVille. Le barman rabaissait les manches de sa chemise. Le routier réclama un autre demi. Bébé finit son thé. Je laissai la moitié de mon Coca-Cola.

Des éclairs hachuraient le lointain. Bientôt, l'auto laissa la campagne derrière elle. Nous atteignîmes les premières banlieues avec leur cortège de parkings et de stations-service, de pavillons et de terrains de football détrempés. Murs gris, graffitis dégueulasses et incohérents, carcasses de bagnoles, jardins publics aux balançoires rouillées, fantasmes d'architectes nuls ou peu scrupuleux. Culs-de-sac, arrière-cours, passerelles métalliques, feux alternés. Nains de jardin, piscines gonflables, sièges en plastique. Pluie fine, cordes à linge, antennes paraboliques. Les lampadaires se firent plus nombreux. Il y en avait d'orange qui éclairaient presque comme en plein jour. Je ne quittai pas la file de gauche.

Je n'en parlai pas à Bébé, mais au journal ça n'allait pas très fort. Ils supprimèrent la rubrique « Restaurants ». A la place, on me demanda des chroniques sur l'air du temps. Sujet libre. Ils étaient marrants, eux.

Je pris le métro rue Montmartre et descendis à Franklin-Roosevelt. Dans le wagon, en face de moi, une fille avec des taches de rousseur lisait *Le Fusil de chasse* dans l'édition à couverture rose. Je remontai les Champs-Elysées.

Il y avait de moins en moins de cinémas. Ils fermaient les uns après les autres.

Le restaurant était vide. J'avais rendez-vous avec un académicien dont je devais faire le portrait. J'étais le premier. Le maître d'hôtel m'apporta la carte et me proposa un apéritif. Je dis que je préférais patienter. L'académicien tendit son imperméable à un garçon et s'excusa d'être en retard. Il fut exquis, comme savent l'être ceux qui n'attendent plus rien. Ses romans avaient marché, on les avait adaptés à la télévision. Il me demanda pourquoi je n'écrivais plus. Un petit geste me servit de réponse. Je le priai de ne pas gâcher ce charmant déjeuner. Le repas se déroula à la Badoit. Au dessert, j'avais largement de quoi remplir mes trois feuillets. Nous avons repris des cafés.

– Vous allez dans quel coin ? lui demandai-je sur le trottoir.

– Je crois que je vais aller m'acheter une cravate. Un mercredi, après déjeuner, qu'est-ce qu'il y a de mieux à faire que de s'acheter une cravate ?

La Coccinelle nous lâcha un samedi après-midi, sur le périphérique. Nous la fîmes remorquer jusqu'à un garage du dix-septième arrondissement. Le moteur était fichu. « Naze », dit le mécano en s'essuyant les mains à un chiffon noir de cambouis. Se lancer dans des réparations coûterait une fortune. Bébé était aussi contrariée que moi. Nous nous regardâmes. Le garagiste nous tendit un chèque : le prix des pièces détachées.

Bébé revint de la FNAC avec *Lola* en vidéo et un compact-disc : *Lakmé* de Delibes. C'était l'étrange musique que nous avions entendue au Cap-Ferret.

– Cadeau, fit-elle.

PUIS nous fûmes invités à ce mariage.

Ce fut idiot d'emprunter cette Saab décapotable. Le coupé s'envolait littéralement sur l'asphalte. En quelques secondes, l'aiguille montait jusqu'à cent. Le soleil se reflétait dans le pare-brise. Bébé portait des lunettes noires, de petites lunettes à monture dorée. Je ne savais pas s'il y aurait un orchestre ou si on passerait des disques. J'ai demandé à Bébé si elle envisageait de se marier un jour.

– Avec qui ? Avec vous ?

– Pas forcément. Se marier, se marier tout court.

Je n'ai jamais su ce qu'elle a répondu. Il y a

eu cette longue ligne droite, après la sortie vers Gambais. Au bout, la route s'évanouissait vers la gauche. Le virage arriva au milieu de la phrase de Bébé. Quand les pneus ont commencé à mordre le gravier sur le bas-côté, j'ai su que tout était fichu. La voiture s'est mise à tanguer. A l'extérieur, les formes grossissaient. Soudain, quelque chose de gris se dressa au milieu du pare-brise. C'était peut-être un arbre, peut-être un pylône. Il y eut un choc, suivi d'un autre. La scène se déroulait comme au ralenti, mais je sais bien qu'en fait tout cela n'a pas pris plus de quelques secondes. Il y avait quelque chose dans mes cheveux.

Ensuite, nous avons quitté la route. Je sentis que si je m'en sortais, j'allais m'en vouloir pour le restant de mes jours.

Je me suis réveillé à l'hôpital. Une forme blanche luisait au-dessus de moi. Je n'avais rien de grave. Quelques contusions, des points de suture. On parlait de miracle. Et Bébé ? Les infirmières prenaient des mines. Elles revinrent avec un interne. Un stéthoscope pendait à son cou. J'étais tellement fatigué que je n'arrivai pas à lire son nom sur la plaque épinglée au revers de sa blouse. Je me suis rendormi. Les calmants agissaient.

Je suis resté quelques jours en observation. On m'a ausculté sous toutes les coutures. Des spécialistes m'ont collé des ventouses sur la poitrine, m'ont brandi une lampe de poche dans l'iris. Je me souviens d'avoir très mal mangé.

On me prescrivit le repos complet. Mon père est venu me chercher. Il ne me posa aucune question. J'ai passé deux semaines en Corrèze. Ma mère me préparait de la purée, de la mousse au chocolat. Je retombais en enfance. Les siestes n'étaient pas rares. Je lisais de vieux Wodehouse. En même temps, je m'inquiétais de Bébé. Les nouvelles n'étaient pas très rassurantes.

Je rentrai à Paris en traînant les pieds. C'était la première fois qu'une telle chose se produisait.

La Saab était bonne pour la casse. L'assurance rembourserait les dégâts. L'auto s'était immobilisée dans un champ, après trois tonneaux. J'avais été éjecté. Bébé n'avait pas eu cette chance. Quand je me repasse la scène dans la tête, elle a l'air de sortir d'une série télévisée. On m'enleva les fils sur le crâne. Le chagrin est venu plus tard.

Bébé n'est jamais sortie de l'hôpital. Je lui rends visite plusieurs fois par semaine. La moelle épinière a été touchée. Les médecins n'osent plus se prononcer. Sa mère m'a demandé de ne pas venir les mêmes jours qu'elle.

Chez la petite Française, plus rien ne bouge. Elle qui était toujours d'attaque. Je lui parle, sans savoir si elle m'entend. Je lui lis à voix haute les livres qu'elle aimait. Une perfusion permet de la nourrir. Son visage a été vidé de toute expression. Sa tête penche un peu sur le côté. Elle est toujours aussi belle, mais c'est une beauté qui a désormais quelque chose d'inutile, d'accusateur. Elle est dans un fauteuil, couverte d'une blouse blanche qui s'attache dans le dos.

Quand je lui parle, je la tutoie. Quand je suis là, elle ne dort jamais. Je suis un peu étourdi par le parfum de ces fleurs qu'on apporte sans cesse. Les gens s'excusent ainsi de ne pas venir la voir. Parfois, je crois distinguer un sourire sur ses lèvres. Je me dis : le premier sourire depuis l'accident. Je sais bien que je me trompe. Il n'y a pas de sourire. Progrès nuls. La petite Française n'est plus d'ici. Ses paupières bougent. Elle peut remuer les paupières. Les médecins ont annoncé ça comme s'il s'agissait d'un exploit. Dans quelques semaines, dans quelques mois, elle pourra réciter l'alphabet en battant des cils, d'une à vingt-six fois. Un million de questions se pressaient dans ma tête. Je repensai à la dernière fois où nous avions fait l'amour, un mois plus tôt, en une autre saison, dans une vie antérieure.

Sa mère a voulu me faire un procès, mais le frère de Bébé l'en a dissuadée. J'ai rencontré Richard. Il m'a téléphoné en débarquant des Etats-Unis. Nous nous sommes donné rendez-vous aux Deux-Magots.

La terrasse ne désemplissait pas. Je croyais être en avance, mais je n'étais pas le premier.

Il était assis en face de moi, dos à l'église, et je scrutais ses traits à la recherche de quelque chose. A sa place, j'aurais sûrement cassé la gueule du type qui avait transformé ma sœur en méduse. Richard se remettait du décalage horaire. La Californie, ça faisait une trotte. Le garçon nous apporta du pouilly-fumé.

– Vous n'avez pas ça, dans la Napa Valley, dis-je pour me rendre intéressant.

Un jour, il faudra que j'arrête de faire l'intéressant.

Il sourit, avala le contenu de son verre sans les habituelles comédies des professionnels du vin. Il était bronzé, dans un costume de lin beige avec une cravate de tricot. Il croisait ses jambes à la manière des femmes. Je le regardais en pensant que la nuit il couchait avec d'autres hommes.

Dès son arrivée ce matin, il était allé voir sa sœur à l'hôpital.

– Elle n'a pas réagi. Rien. Même pas quand je lui ai dit : demain, j'arrête de fumer.

J'eus un faible sourire. Putain, j'étais là en face de ce pédé et voilà que je commençais à le trouver sympathique. Le serveur a rempli nos verres à nouveau. A nos pieds, des moineaux venaient picorer les miettes laissées par les consommateurs précédents. Une Japonaise photographiait son mari. De l'autre côté du boulevard, le drugstore avait fermé. Des palissades garnies d'affiches masquaient la façade. La brise ne parvenait pas à rafraîchir l'air gris du soir.

Nous avons fini nos vins blancs. Nous avons marché un peu. Le visage de Jackie Kennedy ornait le dos du kiosque à journaux. *Le Monde* venait d'arriver. Richard acheta le *New York Herald Tribune*. Sur les clous, il brandit le quotidien en scandant son titre, comme Jean Seberg dans *A bout de souffle*.

– Il paraît qu'à la fin de sa vie, elle ne se nourrissait plus que d'aliments pour chiens.

Je lui dis que comme film de Godard je préférais *Le Mépris*.

– Ah, comme ma sœur, alors !

Puis il ajouta, après un temps :

– Un jour, nous pourrons parler d'elle gaiement. Je veux le croire. Il faut.

Nous nous sommes quittés à l'angle de la

rue des Saints-Pères. Je lui ai serré la main. Il m'a donné son numéro à San Francisco. Il avait le même sourire que Bébé. Voilà ce qui les rapprochait. Je me creusais la tête depuis un moment, mais c'était bien ça : leur sourire.

Les mois qui ont suivi ont été bizarres. J'ai déménagé. La nuit, je contemplais des photos. J'aurais dû en prendre davantage. Il n'y en avait jamais assez.

J'ai déjeuné avec mon éditeur dans un restaurant des Champs-Elysées.

– Je croyais que c'était un endroit où on invitait les best-sellers.

– Le patron est mon beau-frère.

Au dessert, il m'a signé un chèque. Je me suis remis à un roman. Il avance aussi lentement que le dictionnaire de l'Académie.

J'en ai ma claque. Jusqu'ici, je me suis appliqué à éviter le ton sentimental. J'ai quitté le journal avec des indemnités confortables. Après avoir beaucoup hésité, je me suis racheté une voiture, une Volvo grise. Petit à petit, les invitations ont cessé de me parvenir. Je me dis que je suis un type brisé. Je passe des nuits blanches. Dans l'ensemble, je deviens un homme. Je me suis même saoulé tout seul. Whisky. J'ignorais combien de verres avaient précédé celui-ci. Je me mis debout. Je portai un toast à un compagnon imaginaire. J'essayai de me tenir parfaitement immobile. L'alcool surfait sur ma cervelle. A minuit, je passai à la vodka. L'ivresse ne remplaçait pas la présence de Bébé. J'ai dû m'endormir tout habillé sur le canapé. La bouteille était renversée sur la moquette. Cela faisait une tache humide en forme de betterave. Devant moi s'étalait un long dimanche de merde à tirer.

La femme de ménage ne vient plus. Elle a trouvé un couple de jeunes mariés qui pouvait lui offrir beaucoup plus d'heures que moi. Tout seul, chez moi, sur la rive droite, je me passe un film muet qui commence par cette phrase inscrite sur l'écran : « Quand il eut franchi le pont, les fantômes vinrent à sa rencontre. »

Depuis que je suis seul, il n'y a plus de nuits. J'ai oublié le sens du mot douceur. Paris, bien sûr, continue à être la plus belle ville du monde. Il y a plein d'endroits qui me font penser à Bébé. De temps en temps, je rêve d'elle. Dans mes rêves, elle parle et elle marche. Je n'ai encore couché avec personne d'autre. J'oublierai sans doute beaucoup de choses dans ma vie, mais elle je ne crois pas.

Elle s'imaginait que tout avait une explication. Je l'aimais. Je l'ai aimée totalement, tendrement, tragiquement.

Tout était possible, même le bonheur.

Tu parles.

Je repensais à l'automne en Oregon, au vol des faisans, aux soirs bleus, à la mélancolie. Il y avait eu tout cela, et aussi les *fusilli* aux fleurs de courgette, les souvenirs de neige, les lumières orange la nuit sur le périphérique.

Que m'est-il arrivé ? Que nous est-il arrivé ?

Ces événements sont d'un autre monde. Nous n'avons pas eu le temps d'avoir des disputes. Certains jours, je maudis la terre entière. Je voudrais être mort.

La tristesse revient sans crier gare. Elle se croit tout permis. J'ai fait encadrer la note du premier dîner que nous avons pris ensemble au restaurant.

Il y a réellement eu une telle année. C'était hier. Si j'avais su que cela durerait aussi peu, j'aurais fait plus attention. Nous sommes doués, nous les humains. Le rire de Bébé me revient maintenant comme d'un continent lointain, comme s'il avait traversé des villes et des villes.

Dehors, il y a des soirées auxquelles je n'assiste pas, des dîners où je me décommande.

Je recommençai à passer mes nuits à arpenter mon studio, à regarder par la fenêtre les lumières de Paris. J'écoutais Frank Sinatra en buvant de la bière au goulot. Il y a le ciel noir, les arbres comme une armée en déroute. Il n'y a plus que les objets qui aient une vie. Maintenant, il peut m'arriver n'importe quoi. Si je dois guérir un jour, c'est que le souvenir de Bébé m'aura poussé dans le monde compliqué et difficile des adultes.

Je n'ai pas revu *Le Mépris*. Le dernier mot du film était : *Silenzio !*

A Capri, le ciel doit être bleu, comme toujours.

Je suis retourné tout seul dans la maison du Cap-Ferret. Bérénice m'a donné les clés sans faire d'histoires. Les villas voisines avaient leurs volets clos. La saison était terminée. Le soir, un chien venait courir sur la plage. Il s'arrêtait devant la véranda, attendant quelque chose à manger. J'ouvris les boîtes de corned-beef qui s'empilaient dans la réserve. Le chien avalait ça d'un coup.

Je me levais tôt. Je n'arrivais pas à dormir. Je couchais sur le canapé du salon, enroulé dans des couvertures à l'odeur de moisi. L'aube commençait. J'allais m'asseoir sur la véranda avec un bol de café. Une brume légère flottait sur l'océan. Le soleil n'allait pas tarder. Je me souvenais de Bébé, des jours que nous avions passés ici. Nous nous promenions pieds nus dans le sable. Elle voulait écrire un feuilleton pour la télévision, l'aventure d'une chanteuse qui en a tellement assez d'être célèbre qu'elle se fait refaire le visage pour qu'on ne la reconnaisse plus. Nous jouions aux échecs sur la table de la cuisine. Bébé avait horreur de perdre. C'était rare, mais quand cela lui arrivait, elle imitait le cri des mouettes en renversant la tête en arrière.

Je ne bougeais pas beaucoup de la maison. Il y avait de pleines caisses de bordeaux dans l'office. Je vidais une bouteille par repas. Ma barbe avait poussé. Je ne me lavais pas tous les jours.

Je ne téléphonais à personne. Un soir, l'appareil sonna, un peu après l'heure du dîner. Je n'ai pas décroché. Je filais un mauvais coton. Je regardais des films français des années soixante dialogués par Audiard. A cause du vin, je riais trop fort. Bernard Blier recevait un coup de poing dans la figure chaque fois qu'il ouvrait une porte.

Le premier jour, j'avais rempli le réfrigérateur à craquer pour ne plus avoir à me soucier des courses. J'essayais de lire, mais j'avais du mal à me concentrer. Je n'ouvris pas un journal. Il ne pleuvait pas. Le dimanche, les voiles blanches se comptaient par dizaines sur le bassin. Les Bordelais débarquaient. A midi, j'enfilais des vêtements chauds et déjeunais dehors en regardant la mer. Tout cela n'est pas très clair dans mon esprit.

Un mardi, je me suis douché et rasé. J'ai fermé la maison et je suis monté dans la Volvo. La veille, le braque de Weimar n'était pas venu. J'ai conduit lentement sur l'autoroute. La voiture était en rodage. Plus j'approchais de Paris, plus j'appuyais sur l'accélérateur. Je fonçais, comme si j'avais eu des poursuivants à mes trousses. Sur une aire de repos, j'ai acheté les quotidiens. J'ai jeté un œil aux gros titres et je suis reparti. La pluie s'est mise à tomber. Il y avait longtemps.

Hier, je suis repassé devant l'immeuble de la rue de Bellechasse. Je me suis posté sur le trottoir d'en face et j'ai regardé les fenêtres de Bébé. De la poussière commençait à obscurcir les vitres. Personne n'avait songé à refermer les persiennes.

Souvent, en fin de soirée, après avoir dîné,

nous partions faire une promenade dans le quartier. C'était l'heure des maîtres et des chiens. Nos pas nous conduisaient immanquablement jusqu'à l'esplanade des Invalides. Là, nous observions les façades, les étages encore allumés. Nous imaginions les vies qui s'écoulaient à l'intérieur. Puis nous traversions la pelouse en diagonale, en nous tenant par le bras, longions la station de métro avec son escalier mécanique, prenions la rue Saint-Dominique. Square Sainte-Clotilde, il y avait cette vieille pissotière où s'arrêtaient tous les taxis de Paris. La petite Française posait sa tête sur mon épaule.

Elle n'habitera jamais cet appartement en duplex qui domine l'ambassade de je ne sais quel pays d'Afrique.

J'ai traversé la rue. Le code avait changé. J'ai lu les noms des locataires sur l'interphone. Il y en avait de nouveaux. Celui de Bébé était encore là, s'effaçant un peu. Plus de concierge. Sa loge avait été transformée en studio. Le café avait été remplacé par un salon de coiffure. Il y a des parcmètres des deux côtés de la rue. Je ne sais pas ce que je viens chercher ici. Je n'ai jamais dit à personne que c'était elle qui conduisait.

Je me suis éloigné. J'ai levé les yeux. Le ciel me parut petit.

Edition exclusivement réservée
aux adhérents du Club
Le Grand Livre du Mois
15 rue des Sablons
75116 Paris
réalisée avec l'autorisation des éditions Albin Michel

*La composition de cet ouvrage
a été réalisée par I.G.S. Charente-Photogravure
à l'Isle-d'Espagnac,
l'impression a été effectuée
sur presse Cameron
dans les ateliers de* **Bussière Camedan Imprimeries**
à Saint-Amand-Montrond (Cher).

Achevé d'imprimer en février 1998.
N° d'impression : 981177/4.
Dépôt légal : février 1998.